世界少年经典文学丛书

从地球到月球；
环游月球

[法]凡尔纳 著

谢 普 编译

中国出版集团 现代出版社

图书在版编目(CIP)数据

从地球到月球；环游月球／（法）凡尔纳（Verne, J.）著；谢普编译.
—北京：现代出版社，2013.2 （2025.1重印）
ISBN 978 - 7 - 5143 - 1318 - 5

Ⅰ.①从… ②环… Ⅱ.①凡… ②谢… Ⅲ.①科学幻想小说 - 法国
- 近代 - 缩写 Ⅳ.①I565.44

中国版本图书馆 CIP 数据核字（2013）第 021787 号

作 者	凡尔纳
责任编辑	刘春荣
出版发行	现代出版社
通讯地址	北京市安定门外安华里 504 号
邮政编码	100011
电 话	010 - 64267325　64245264（传真）
网 址	www.xdcbs.com
电子邮箱	xiandai@ cnpitc.com.cn
印 刷	三河市嵩川印刷有限公司
开 本	700mm×1000mm　1/16
印 张	9
版 次	2013 年 2 月第 1 版　2025 年 1 月第 4 次印刷
书 号	ISBN 978 - 7 - 5143 - 1318 - 5
定 价	39.80 元

版权所有，翻印必究；未经许可，不得转载

序 言

　　孩子是未来的希望，是父母心中的天使，是充满快乐的精灵。小学阶段更是孩子最快乐的时光，是孩子成长发育的黄金阶段。为了让孩子学习更多的课外知识，享受更加丰富的学习乐趣，我们策划了本丛书！

　　从小让孩子多读课外书，对培养孩子健康的心态和正确的人生观无疑将起着非常重要的作用。自《语文课程标准》公布以来，不少富有敬业精神、有才干的教师，在他们的教学中，担当起阅读教育的重担。他们在严谨的选材中，利用丰富的文学资源，向学生推荐了大量优秀的课外读物，实施了以"练成阅读和作文的熟练技能"为重要内容的阅读教育。大千世界充满了丰富的知识。阅读能丰富小学生的语文知识，增强阅读能力，提高写作水平，开阔视野，增长智慧。阅读本丛书，能够使孩子享受到阅读的快乐，激发起更浓厚的阅读兴趣，孩子的生活将充满新的活力与幸福！本丛书精选了世界名著和中国经典书目中流传最广、影响最大、最脍炙人口的作品，是培养小学生理解能力、记忆能力、创造能力的最佳课外读物。

　　最后需要指出的是，本丛书把世界上流传甚广的经典童话、寓言等也尽收其中，并将这些文学作品重新编写审订，使作品在不影响原著的基础上更适合少年儿童阅读，在丰富他们课余生活的同时提高语言和文字表达能力。本丛书通过科学简明的体例、丰富精美的图片等有机结合，使小读者不仅能直观地领略作品的精髓，而且还能获得更为广阔的文化视野和愉快体验。希望本丛书能成为孩子生活的一缕阳光照亮孩子前进的道路，能成为一丝雨露滋润孩子纯净的心灵。

编　者

目　录

从地球到月球

环游月球

从地球到月球

儒尔·凡尔纳 著

第一章 大炮俱乐部

美国南北战争的时候，马里兰中部地区的巴尔的摩城里新成立了一个颇具影响力的俱乐部。人们都应该清楚，美国那帮船东、商人和机械师身上的军事才能是怎样发展起来的。那些曾经没有名气的商人，也没有受过西点①的任何训练，却一脚跨过他们熟悉的柜台，转身一变成为了中尉、上校和将军；不过不久之后，他们就在战略战术方面与欧洲大陆的同僚们不分彼此，而且也仗着大量的炮弹、金钱和人力打了不少胜仗。

不过美国人打败过欧洲人，主要都是在弹道科学上。倒不是由于他们的武器做到了完美程度，而是由于它们的体积大得惊人并且具有空前远的射程。说到平射、俯射或者直射、斜射或者纵射、反射等方面，英国人、法国人、普鲁士人已经没什么可以学的了；不过他们的大炮、榴弹炮、迫击炮和美国的超级大炮一比，简直就是袖珍手枪。

这也不足大惊小怪。与意大利人生来就熟知音乐、德国人天生爱好玄学一样，美国佬，这些世界上第一批机械师天生就是工程师。假如看到他们在弹道科学上大胆运用他们的聪明才智也是再自然不过的事了。所以，这些巨型大炮虽然远不及缝纫机那么实用，却也同样令人惊奇而且更加受

---

① 美国一所著名的军校。

到人们的敬仰。我们知道这中间有帕罗特、道格林和罗德曼等人的身影。在美国对手面前，对于来自欧洲大陆的"阿姆斯特龙"、"巴利赛"和博利厄的"特勒德"等大炮也只能甘拜下风了。

所以，在那场可怕的南北战争的时候，那些炮兵发挥了相当重要的意义；合众国报纸狂热地吹捧着他们的发明，以至于那些街头小贩和头脑简单的市井小民也一个个颠倒白昼地绞尽脑汁，计算着一些不切实际的弹道轨迹。

不过，一个美国人有了创意，他就会去找另一个支持这个想法的美国人。假如有了三人，他们就会选举一个主席和两个秘书。有了四人，他们就任命一个档案保管员，然后办公室开始运作。有了五人，他们就召开全体大会，于是俱乐部就因此成立了。巴尔的摩城的俱乐部就是这样诞生的。第一个发明新型大炮的人与第一个铸造这门大炮的人和第一个给这门大炮打炮眼的人互相合作，他们是大炮俱乐部（书面语："火炮俱乐部"）的核心成员。诞生一个月之后，俱乐部已经成功拥有一千八百三十三位正式会员和三万零五百七十五位通讯会员。

假如想加入这个协会的人都得具备一个重要条件，就是必须已经发明或至少改良过一门大炮；假如没有大炮，任何一种火器很明显也可以。不过，一句话，那些发明十五响左轮手枪、旋转式卡宾枪或军刀式手枪的人并不十分受到人们的尊敬。不管在什么状况下，大炮发明家都备受崇敬。

"他们所获得的荣誉等级，"有一天，俱乐部里最有学问的一位演说家说，"是与他们的大炮'重量'成正比，并直接按照炮弹'射程的平方'来量化！"

再说得直白点，就是把牛顿的万有引力定律运用到了精神领域去了。

大炮俱乐部诞生之后，很容易想象，美国人在这方面的发明天赋会带来什么成果。战场上所使用的炮弹不但体积巨大，而且具有超远射程，以至于把无辜的平民炸成了两半。

美国的这些发明把欧洲那些寒碜的装备远远落在了后面。透过以下数字，我们能够更好地比较。

原来，"在战争美好年代"，一个三十八磅的炮弹，在三百英尺之外，就可以撂倒三十六匹马和六十八个人。那时叫作炮弹技术的萌芽期。从此以后，炮弹技术就慢慢发展起来了。罗德曼大炮发射的半吨重（五百公斤）炮弹，在七英里远（一英里等于一千六百零九米三十一厘米。那么七英里约合三法里）就能轻松炸翻一百五十匹马和三百个人。大炮俱乐部以至于想为此做一次正式的试验。不过，即便马匹同意做试验，那些人可很难找。

　　不管怎样，这些炮弹具有超强的杀伤力，每一次发射，士兵们就像镰刀下的麦穗一样纷纷倒地。1758 年，一颗伟大的"库特罗斯"炮弹炸毁了二十五个人；1758 年在索尔多夫，又一颗炮弹一下子摧毁了四十个步兵；另外，在 1742 年，奥地利的"凯塞尔多尔夫"大炮，每发一炮就轰倒七十个敌人。与前文提到的炮弹相比，这说明什么呢？那些决定战争命运的惊人的"易安娜"大炮和"奥斯特里茨"大炮又意味着什么呢？在南北战争期间其他的炮弹我们见得多了！在葛底斯堡[①]战役中，一门滑膛炮发射的一枚锥形炮弹击中了一百七十三个南部合众国士兵；而在波托马克[②]渡口，一发"罗德曼"炮弹就能把两百一十五个南部士兵送到了一个更美好的世界去了。更值得炫耀的是，俱乐部常任秘书和荣誉会员 J．T．马斯顿发明了一种精妙的迫击炮，它的杀伤力史猛，在试炮时就　炮炸毁了三百三十七个人，——"轰"，一声巨响，灰飞烟灭！

　　面对以上颇有说服力的数字，我们还有什么要添加的呢？什么也没有了。同样，我们也完全相信由统计学家皮凯恩进行的下述演算：倒在炮弹下的伤亡人数除以大炮俱乐部的会员人数，他惊讶地发现后者每人"平均"杀死过两千三百七十五点几个人。

　　认真研究这样一个数字，容易发现这个博学的社团唯一感兴趣的就是为了仁慈的目标，去摧毁人类，而且把战争武器看作文明的工具。

　　所以，这是一群要命天使，反正，是世界上最优秀的人。

　　还需要添加说明的是，这些禁得起任何考验的勇敢的美国佬，不只限于公式的计算，而且还用自己的生命上阵付诸实践。他们中间有各种军衔的军官，如上尉或者将军，有年龄参差不齐的军人，有那些刚刚开始军人生涯的新兵以及那些老死在炮架旁的人。许多人永远地留在了战场上，他

---

① 位于美国宾夕法尼亚州。

② 波托马克河，自美国西弗吉亚州流入乞沙比克湾。

们的名字被载入了大炮俱乐部的光荣册上，而且得以生还的大部分人身上带着他们无可非议的勇敢标记。拐杖、木腿、假臂、挂在吊钩上的手、橡胶下颌、用银子修补的头盖骨、铂金鼻子，可谓是五花八门。以上提到过的那个皮凯恩同样也计算过，在大炮俱乐部里，四个人总共加起来还没有两条胳膊，而且六个人也就只有两条腿。

不过这些勇敢的大炮手却不以为然，每当关于战争的新闻中报道敌方伤亡人数十倍于他们消耗的炮弹数时，他们都感到特别自豪。

不过，有一天，那是忧郁而悲伤的一天，战争的幸存者们签订了停战协定。爆炸声逐渐平静，迫击炮开始哑声不语，榴弹炮从此保持平静；还有那些大炮，它们低垂着脑袋，黯然返回军火库；炮弹堆积如山地放在仓库里，血腥的回忆逐步消退，棉花树在施足了肥的田地上疯长，丧服也不再随着痛苦而磨损，大炮俱乐部也从此陷入了深深的无聊中。

另外一些顽强的工作者，他们埋头苦干，始终沉湎于弹道的运算中。他们一直梦想着制造巨大无比的炸弹和前所未有的炮弹。不过，脱离了实践，还有什么必要研究这些空洞的理论？逐渐，俱乐部的厅堂开始冷落起来，佣仆们在候见厅里打着瞌睡，报纸在桌子上发霉，偏僻的角落里传来忧郁的打鼾声，大炮俱乐部的成员们，以前总爱吵吵闹闹，如今由于那讨厌的和平而毫无欢颜，所以只能沉浸在虚无的炮弹学梦想中！

"这真让人受不了，"在一天晚上，务实的汤姆·亨特尔说道。说话的时候，他的两条木腿正搁在吸烟室的壁炉里烤着，"什么事情也不能做了！没任何奢望！多么枯燥的生活呀！那种每天早上被快乐的炮声吵醒的日子都上哪儿去啦？"

"那种日子再也没有了，"活泼的比斯比试着伸展他的那已经不存在的胳膊说，"那时真快乐啊！我们发明炮弹，一等它们制作完成，就跑着拿到敌人面前试验去了。随后带着谢尔曼的鼓励或麦克勒莱的握手礼返回营地！可是如今，那些将军都回到他们的柜台那儿，他们不过不发射炮弹，反而运输那软绵绵的棉球！啊！炮神巴尔波①啊！炮弹学的将来就这

①　巴尔波，神话中的圣母，为炮手、工兵和消防员的保护神。

样葬送在美国了！"

"是的，比斯比，"布隆斯贝利上校说道，"真是绝望至极！回想起以前我们舍弃平静的生活着手于武器的使用，我们抛弃巴尔的摩开赴战场，我们表现英勇，而在两三年之后，却不得不丢下千辛万苦得来的成果，两手插在口袋里，陷入凄惨的无所事事的状态。"

说归说，这位骁勇的上校却没能够显示出闲散的样子，这倒不是由于他没有口袋。

"所以任何战争的希望也没了！"相当有名的 J. T. 马斯顿边说边拿他的铁钩敲打他那马来树胶做的脑壳，"当大炮学正大有可为时，却又毫无希望了！我跟你们说，今早我已经完成了一种旨在变化战争方法的迫击炮的一份图样，附有平面图、剖面图及立视图！"

"真的?"汤姆·亨特尔回答道，同时思绪情不自禁地飞到了尊敬的J. T. 马斯顿上一次试验上去了。

"的的确确，"J. T. 马斯顿回答道，"可是作了这么多成功的研究，克服了这么多困难，又能怎么样呢？这难道不是真正的无用功吗？新世界的人民似乎已经约定要过和平的生活，连我们那尚武的《论坛报》①，也在预测由于人口快速增长可能会遭到的灾难了！"

"不过，马斯顿，"布隆斯贝利上校又说道，"在欧洲，人们还一直为民族自治而努力呢！"

"那又能怎么样?"

"怎样！说不定那儿有什么能让我们做做试验，比如他们接受我们的服务……"

"您真是这样想的吗?"比斯比大吼道，"替外国人研究弹道学！"

"这总比什么也不做要好。"上校驳斥道。

"大概吧。"J. T. 马斯顿说道，"是要好一些，不过咱们本来不应该有这种无奈的想法。"

"此话怎讲?"上校问道。

----

① 合众国最激进的奴隶制废除论报纸。

"由于在欧洲大陆，他们关于晋升的看法与我们美国明显相反。那些人从来不曾设想可以迈过少尉直接成为将军。这也就是说，不亲手铸炮的人就不能成为好的大炮瞄准手。不过，这仅仅是……"

"荒唐！"汤姆·亨特尔边驳斥边用波维宽刀①撕扯着扶手椅的两边扶手，"假如是这样，那我们只有去种烟草或炼鲸鱼油了！"

"什么！"J. T. 马斯顿用响亮的声音吼道，"难道我们的余生就不能再致力于武器改良？再也不会有机会来检验我们的炮弹射程？天空不再被我们的炮火照亮？再也不会发生国际争端让我们向大西洋彼岸的某一个强国宣战了？难道法国人以后就不会打沉我们的一艘轮船，英国人就不会不顾国际公法弄死我们三四个国民？"

"是的，马斯顿，"布隆斯贝利上校回答，"我们将不会再有这种好运气了！没有了！这些事情再也不会发生了，而且即便发生了，我们也没法加以利用！美国人对事件的反应逐渐冷淡，我们也只能受女人们摆布了！"

"是的，我们只好不作声！"比斯比回道。

"我们是被逼成这样的！"汤姆·亨特尔驳斥道。

"的的确确是这样的"J. T. 马斯顿兴奋地驳斥道，"就是有一千个要发起战争的理由，他们也不会打起来！人们舍不得他们的胳膊和腿，这正合那些不会打仗的家伙的想法！你们看，也不必跑老远去找战争的理由，北美以前不也是属于英国人吗？"

"可能是这样吧！"汤姆·亨特尔使劲地拿他的拐杖头拨着炉火回答道。

"那好呀！"J. T. 马斯顿接着说，"为什么如今就不能轮到英国属于美国呢？"

"这倒很公平的。"布隆斯贝利上校答应道。

"去跟美国总统解释呀，"J. T. 马斯顿大声说，"你们等着他的礼遇吧！"

"他不会好好招待我们的。"埋怨声从比斯比从战争中捡回来的四颗牙齿中冒了出来。

"毫无疑问，"J. T. 马斯顿吼道，"以后的选举他就别奢望我的选票。"

---

① 一种刀身较粗的刀。

"也别奢望我们的。"这些好战的残疾人一起回答道。

"如今，"J. T. 马斯顿继续说道，"不管怎么样，假如不给我机会在真正的战场上检验我的新型迫击炮，我就退出大炮俱乐部，并立刻隐退到阿肯色州的大草原去！"

"我们跟您一同去。"大胆的 J. T. 马斯顿的话得到了在场者的一致肯定。

讲到这里，大家的情绪愈来愈高涨，俱乐部面临着解体的威胁。此时，一个出乎意料的事件阻止了这个灾难。

就在这次对话的第二天，圈子里的每个成员都收到了一份通知，上面写着：

> 作为大炮俱乐部的主席，我很有幸地通知大家，在本月 5 日的会议上，我将发布一个大家很有兴趣的信息。所以，诚挚地请各位届时能放下手头的事情，应邀出席本次大会。
>
> 您们的挚友
>
> 因贝·巴比康
>
> P. G. C.（大炮俱乐部的缩写）
>
> 巴尔的摩，10 月 3 日

第二章　巴比康主席的报告

10 月 5 日的晚上八点，在联邦广场二十一号，密集的人群集结在大炮俱乐部的每个角落里。居住在巴尔的摩的俱乐部所有会员都应邀出席了大会。那些通讯会员也成群集结乘坐快车涌进城区的大街小巷。虽然会议厅很大，可那些学者还是找不到位置。所以连隔壁的房间里、走廊尽头，一直到外面的庭院里都挤得满满当当。每个人都和聚集在门口的普通民众一起，试图挤到第一排，所有的人都以自治政府思想熏陶下的民众所特有的自由方式，推啊、挤啊、撞啊，谁都热切地想知道巴比康主席的重要报告。

那天晚上，一个待在巴尔的摩的外国人即使出了高价也没能得到同意进入大厅。只有当地会员和通讯会员才能进入大厅，其他任何人都不能进入，就连那些城里的知名人士、议会行政官员①也不得不混在市民当中，认真倾听里面传出的消息。

所以，这个宽大的厅堂看起来真是雄伟。宽敞的会场和它的用途很般配。高大的柱子由大炮叠放在一起做成，粗大的迫击炮作基座，这些柱子支撑着穹顶精致的铁架，那是用冲头冲制出来的真正的铸铁花边。盾形铁板上陈列着喇叭口短铳、喇叭口火枪、十五十六世纪的火枪、卡宾枪等等，种种古时及现代的火器很别致地交织在一起，陈列在墙上。由上千支手枪组成的煤气吊灯灯架喷出熊熊的火光，同时由手枪组成的多枝烛台和一束束步枪构成的大烛台使烛火更加雄伟。大炮模型、青铜炮样品、被子弹打得千疮百孔的靶子、被俱乐部的炮弹轰碎的钢板、一套套送弹棍和擦炮筒刷、一串串念珠似的炸弹、一圈圈项链似的火箭炮、一串串花环似的炮弹，不管怎么样，炮手所有的器具陈列都让人大开眼界，并且让人联想到它们的真正用途是用来修饰而不是杀人。

在荣耀台上，可以看到一个美丽的玻璃罩里面有一块被火药炸得破裂和扭曲的炮座，这可是 J. T. 马斯顿大炮珍贵的遗址。

在大厅的另外一头，主席在四个秘书的陪同下占据了很大一块地方。他的座椅架在一个雕花的炮架上，整体上显示一个三十二法寸长的迫击炮的强力形象。它可以偏转九十度并安放在一个转轴上，这样主席可以像转动转椅一样来回摆动，这在大热天特别舒服。在一张由六枚短炮身海军大炮支撑的宽大铁皮桌子上面，可以看到精心雕刻的火铳炮弹做成的别具一格的墨水瓶，还有一个像手枪一样能够发出爆炸声的铃铛。在热烈讨论的时候，这只新式的铃就会响起来，恰恰压住这帮群情激昂的炮手的声音。

在桌子前面，一条条长凳，像防御工事的封锁壕似的排列成之字形，形成了碉堡和碉堡之间的一段段护墙，上面坐着大炮俱乐部的全部会员。那天晚上，可以说壁垒上人积如云。人们对主席相当认知，知道没有重要的原因，他不会来打扰他的同事们。

———————————

① 由人们选举的城市行政管理人员。

　　因贝·巴比康是一个四十岁的男人，沉着、冷静、严肃，思维极其谨慎和集中，如精密记时仪一样精确，具有禁得住任何检验的性格和坚定不移的个性。虽然没什么骑士的风度，却爱好冒险。所以，即便在他最大胆的冒险行动里也能体现他实事求是的思想。他是一个突出的新英格兰人，北方的殖民者，斯图亚特王朝的克星——圆颅派①的后裔，是祖国以前的骑兵——南方绅士们的死敌。所以，是一个彻头彻尾的美国人。

　　巴比康曾经在木材生意中发财赚了钱，后在战争期间被任命为制炮业的负责人。他想象力丰富，思想大胆，为这种武器的进步作出了许多的贡献，并极力开展了大炮的试验工作。

　　这人身材中等，身体所有部位健全，这在大炮俱乐部可是一个少见的例外。他脸部轮廓分明，仿佛是用直角器和直线笔勾画出来的。假如说要猜一个人的本质必须看他的侧面轮廓的话，那么从侧面看巴比康，可以看出他身上最显著的特征是：毅力、大胆、冷静。

　　这个时候，他坐在扶手椅里纹丝不动，一声不响，全神贯注，一顶美国人头上常戴着的那顶圆形黑缎大礼帽挡住了他的眼睛。

　　他的同事们在他旁边大声说着话，却没有对他有任何影响。他们你问我，我问你，大胆地揣摩着，打量着主席，想从他那不为所动的面部表情上找出那个未知数，却只是徒劳而已。

　　当大厅里的时钟雷鸣般的响了八下，巴比康像是被弹簧弹动了一下一样的，突然站了起来。刹那间，全场平静下来，而我们的演说家，用有点夸张的语气说道：

　　"务实的同事们，长久以来，一份无聊的停战协议使大炮俱乐部的会员们陷入了令人懊恼的无所事事之中。经过了事件不断的几年，我们必须放下我们的研究工作并在前进的道路上停了下来。在此我大声宣布，不管什么能让我们重新拿起武器的战争都是受欢迎的……"

　　"对，战争！"急性的 J. T. 马斯顿吼道。

----

　　① 1642年英国爆发了内战，战争在以国王查理一世为首的皇家派和以克伦威尔为中心的国会支持者之间进行。其中国会的士兵被称为"圆颅派"，由于他们的头发都很短。内战爆发后，英国成为共和国。

"听下去！听下去！"到处都有人驳斥。

"不过，战争嘛，"巴比康接着讲道，"就目前状况来说，战争是不可能的。刚刚打断我的话的那位尊敬的先生，不管你怎么希望，在我们的大炮在战场上打响之前，我们还得等待一段漫长的岁月。所以，我们得拿定主意，想尽一切办法在其他的思想领域里寻找我们活动的食粮！"

整个会议厅感到主席的讲话将涉及到敏感的那部分了。大家聚精会神认真听着。

"几个月来，务实的同事们，"巴比康继续说道，"我一直在问自己，我们是不是可以用自己的专长来从事某项无愧于 19 世纪的伟大实验？弹道学的进步能否让我们成功地达到目标？我因此而探究、工作、计算，通过研究，我相信我们应该在别的国家无法实践的事业中取得成功。这项已经制订了很长时间的计划，将是我这次通报的内容：它无愧于你们，无愧于大炮俱乐部的过去，一定会轰动世界！"

"轰动世界？"一个大炮迷喊道。

"的的确确地轰动世界。"巴比康回答道。

"别打断他的话！"好几个声音又响了起来。

"所以，我请求你们，务实的同事们，"主席接着说道，"全神贯注听我说。"

会议厅里响起了一阵低语。巴比康以坚定又迅速的手势扶正他头上的帽子，用温和的声音继续他的演讲。

"务实的同事们，你们中间不管哪一个人都见过月亮，或至少知道它。我在这里跟你们说说月亮，你们可不要惊讶。或者我们该成为发现这个未知世界的'哥伦布'。请尽可能地了解我、支持我，我要带你们去认识它，并让它的名字也像三十六个州一样加入到这个伟大的合众国里来！"

"乌拉，月亮！"整个大炮俱乐部异口同声地吼道。

"人们对月亮已经做了很多研究工作，"巴比康接着说道，"它的质量、密度、重量、体积、结构、运动、距离以及它在太阳系的作用都已被精确地测定了。人们已经描绘了月面图①，它即使不比地面图完美但也至

---

① 来自希腊语，表示月亮的意思。——原注

少不分上下。拍摄的照片展现了我们这颗卫星那无与伦比的美丽。所以，关于月亮，数学、天文学、地理学及光学能教给我们的知识，我们都已经知道了；不过，直到如今，还从没有与它建立直接的联系。"

这些话引起了一阵夹杂着热烈的惊讶和兴趣的骚动。

"请批准我，"他继续说道，"简短地与大家一道回忆一下，曾经有一些自认为自命不凡的人是如何做了幻想的旅行，并声言已经探得我们卫星的隐私。在 17 世纪，有一位叫大卫·法布里斯的人吹嘘说亲眼瞧见了月亮上的居民。1649 年，一个法国人让·博杜安，发表了《西班牙探险家多米尼克·贡扎勒斯的月球旅行记》。相同时期，希拉诺·德·贝热拉克出版了一本在法国获得巨大成功的伟大游记。后来，另一位叫芬得奈尔的法国人（这些人都很关心月亮）写了一本在当时称得上名著的《宇宙多样性》。不过，一直在进步的科学粉碎了这些杰作！1835 年前后，一本《美国的纽约》翻译小册子讲述了被派往好望角去做天文学研究的约翰·赫显耳先生曾借助用内部光线照明的望远镜，把月球的距离减小到八十码①。那么他可能清楚地观察到月球上的岩洞及生活在里面的河马、镶着金边的青山、长着象牙角的绵羊、白色的麋鹿和长着蝙蝠膜翅的居民。这本源自一位名叫洛克的美国人的小册子②，取得了很大的成功。没有过多久，人们就意识到这只是一个科学的虚幻而已，法国人第一个嘲笑此事。"

"嘲笑美国人！"J.T.马斯顿嚷道，"这倒是一个发起战争的理由……"

"请放心，尊敬的朋友。法国人在讥笑之前，却是完全被我们的同胞给耍了。在完成这个简短的历史回顾之时，我另外还要说的是，有一位叫汉斯·普法尔的鹿特丹人，把自己放在充满了从氮里提取气体的气球里，这种气体可比氢轻三十六倍，在飞行了十九天之后，到达了月球。这次旅行和刚刚提及的那些尝试一样，只不过是幻想，只不过这是在美国深受欢迎的作家，一位爱幻想的天才作家的作品。我指的是坡③！"

---

① 一码不到一米，大约相当于91厘米。——原注
② 在法国，这本小册子由共和党人莱维龙出版，此人死于1840年的罗马围攻中。——原注
③ 指艾伦·坡，美国伟大的作家。

"哇，艾伦·坡！"整个厅堂的人大叫道，主席的话让他们兴奋不已。

"我快说完了，"巴比康接着说，"这些我认为纯文学的研究根本不足以和月球建立真正的关联。不过，我要说明的是，某些脚踏实地的人曾经尝试过和它进行仔细的交流。因此，几年以前，一位德国的几何学家曾建议派一个科学家代表团去西伯利亚大草原。在广阔的草原上，人们可以建立起巨大的用反射灯的光线勾画的几何图形，其中蕴含法国人通常称为弦的平方图。几何学家说，'每个聪明的人都应该清楚这个图形的科学用途所在，假如真的有月球居民存在的话，他们就会用类似的图形来应答。交流一旦建立，就不难制造一个字母表，那么就能够与月球居民交谈了。'德国几何学家如是说，但他的提议却未能得以进行。直到如今，地球和它的卫星之间还没有任何直接关联。这正好留给美国人来发挥他们的应用才能，去与星星世界建立关系。取得这个目的的方法简单、容易、可靠、万无一失，这就是我提议的内容。"

他的这些话赢得了一阵鼓掌声和疯狂的喝彩声。在场的人没有一个不为演讲者的话所征服、着迷和吸引。

"听好了！听好了！平静！"到处都有人在这样吼。

当骚动平静下来，巴比康以更加凝重的口气继续他那被打断的演说：

"你们知道，"他讲道，"几年以来，弹道学取得了哪些进步，并且假如战争当时延续下去的话，火器可以达到怎样完美的程度。你们也不会不知道，一般状况下，大炮的后座力和炸药的能量是无限的。那么，按照这个原理，我想，假如借用具有一定后座力条件的合适装置，能否可以把一颗炮弹送到月球上去。"

听到这些话，上千个喘着气的胸膛里发出了惊愕的"噢"声，紧接着是一阵沉寂，犹如响雷前深深的寂静。实际上，雷炸响了，不过爆发的是鼓掌声、叫喊声、喧哗声，这一切震动了会议厅。以至于主席无法继续讲话。十分钟之后他才得以让人们又听到他的讲话声。"请让我讲完，"他沉着地继续说道，"我已经考虑过了问题的各个方面，并研究过这个问题。我的无可争议的计算表明，任何一枚送往月球的炮弹的射出速度达到每秒一万两千码①，就

---

① 约11，000米。——原注

必然可以达到月球。我很幸运地向你们提议，务实的同事们，来做这样一个小小的试验！"

第三章 巴比康报告产生的强烈影响

尊敬的主席最后一番话产生的影响，非笔墨所能描绘。到处都是尖叫声、喧闹声、此起彼伏的叫好声和"哇"、"嗨"声，以及美国英语中所有的拟声词都被派上了用场！当时的场面实在是太混乱、太喧哗了！人们大声叫嚷着，使劲拍着双手，拼命用脚踩着地板。即便这个大炮博物馆所有的武器同时开火，也不会有如此厉害的干扰声波。其实这也不足为怪，由于有些炮手的嗓门几乎和他们的大炮一样响。

在这些狂热的喧哗声中，巴比康保持着镇定。他似乎还想跟他的同事们再讲儿句话，由于他做手势请他们平静下来，他的那个响声如雷的铃铛也声嘶力竭地发出一阵爆响，但是人们根本就没听到。没过多久，人们就把他从座位上拉了下来，把他举起来喝彩着，接着又把他从忠实同伴们的手中传递到了同样兴奋的人群的胳膊里。

没有什么能让美国人感到震惊。人们常说法语里没有"不可能"这个单词，他们一定是弄错字典了。在美国，一切都很容易，一切都很简单，至于一些机械上的难题，往往是还没产生就被预先解决了。在巴比康计划和具体进行之间，没有一个真正的美国佬会允许自己感觉到矛盾的存在。事已说出，必要做到。

主席的凯旋游行一直持续到晚上。那很明显就是一个火炬游行。爱尔兰人、德国人、法国人、苏格兰人，住在马里兰州的完全不同人种的人，都用他们自己的母语叫喊着，他们那难以描述的激情中混杂着各种呼喊声和"乌拉"声。

月亮仿佛知道这一切与它有关似的，它安详、庄严地照耀着大地，明亮的月光使得周围的星星黯然失色。全部的美国佬都仰望着它闪闪发光的月面。一些人挥手向它致敬，还有一些人用最温柔的名字呼唤着它；这边有人用目光打量着它，那边有人拿拳头威胁着它。从八点钟到午夜这几个小时之间，琼下街的一位眼镜商靠卖望远镜发了财。人们用望远镜看着这个黑夜的星体，仿佛它是一位贵夫人似的。美国人很不客气地端出了主人的架子。仿佛这位金发菲贝①已经属于这帮勇敢的征服者，已纳入了合众国的领土似的。不过，只是在谈论向它发射一枚炮弹而已，这种与卫星建立关系的方式虽说较为粗鲁，不过在文明的民族里却是很常用的。

午夜十二点的钟声打响了，热烈的气氛却丝毫不减，在各个阶层的民众中情形差不多。法官、科学家、批发商、小商贩、搬运夫、智者以及"青人"②，都觉得自己最细腻的心弦被振动了。这是一项全国性的事业。所以，上城、下城、帕塔普斯科河的码头上以及停泊在船坞里的船上，都挤满了喝饱了杜松子酒及威士忌的欢乐人群。从懒洋洋地躺在酒吧长沙发上喝着大杯冰镇雪利酒③的绅士们，到在波茵特岗阴暗的小酒吧里喝"烧心酒"④喝得醉醺醺的水手，无一不在交谈并大声谈论着，讨论并辩论着，赞扬并鼓掌喝彩着。

不过，两点钟左右，兴奋的场面开始平静下来。巴比康主席终于可以回家了，他疲惫不堪、筋疲力尽，累得快倒下了。即便大力士也禁不住这般疯狂的折腾。人群慢慢地离开广场和街道。直到四条从巴尔的摩通往俄亥俄州、沙士魁海纳河、费城、华盛顿的铁路把不同种族的人们送到美国各地之后，这座城市才得以恢复平静下来。

假如认为在这个难忘的夜晚，只有巴尔的摩城才这样热烈的话，那就错了。合众国其他一些大城市，譬如纽约、波士顿、奥尔巴尼、华盛顿、里士满、克雷桑城⑤、查尔斯顿、莫比尔，从得克萨斯到马萨诸塞，从密执安到佛罗里达，所有的城市都在庆祝。当然，俱乐部的三万通讯会员对

---

① 菲贝，即月亮女神阿尔忒弥斯的别名。

② 美国式表达方法，用来指那些头脑简单的人。——原注

③ 一种掺有朗姆酒、橙汁、糖、桂皮以及肉寇的酒。人们通过玻璃吸管喝倒在大啤酒杯的这种黄色饮料。——原注

④ 一种底层社会的人喝的烈性酒。——原注

⑤ 新奥尔良的别名。——原注

他们主席发出的信的内容已略知一二，他们也同样急不可待地想听到伟大的 10 月 5 日的报告。所以，当天晚上，当话语刚从演讲者的嘴巴里说出来，它们立即以每秒二十四万八千四百四十七英里①的速度从电报线上传到合众国各州。我们可以相当肯定地回答，面积十倍于法国的美利坚合众国在同一时刻发出了"乌拉"声，而且两千五百万颗充满着荣耀的心脏，也随着同样的脉搏一起跳动着。

第二天，一千五百份日报、周报、半月刊或月刊，都在议论这个问题；它们用政治和文化优势的角度，从物理学、气象学、经济学或伦理学等各个不同方面对此进行研究。他们探讨着月球是不是已经很完善，是不是一个不再变化的世界。它与地球上还没有大气层的时候是一样的吗？球体看不见的那一面究竟是什么样子？虽然这只不过是想向月球发射一枚炮弹，但所有人都认识到，这是一系列实验的开端；每个人都希望有一天美国能够揭开这个神秘星球的最后秘密，甚至似乎已有人在害怕征服月球会明显打破欧洲的平衡。

经过一番探讨，没有一份报纸对这项计划的实现有什么质疑。一些汇编、小册子、简报以及由科学家、文学家或宗教人士社团出版的杂志都突出报道它的优势，而且波士顿的自然史协会、奥尔巴尼的美国科学艺术协会、纽约的地理统计协会、费城的美国哲学协会，以及华盛顿的史密斯协会，都给大炮俱乐部寄去了上千封祝贺信，并表示同意马上提供实物及金钱帮助。

所以，我们可以这样讲，从来没有一个方案能得到这么多人的关注，什么犹豫、怀疑、担忧之类的问题也根本没有的。而在欧洲主要在法国，向月球发射一枚炮弹这样的想法换来的则是很多人的取笑、讽刺和挖苦，其实这样做对他们不会有什么好处，由于在众怒面前，世界上任何一种防身武器也无法保证他们的安全。在新世界，有些东西是不容嘲笑的。因贝·巴比康从此成了美国最伟大的公民之一，他的地位类似于科学界的"华盛顿"，这个例子说明了一个民众可以赋予个人多么崇高的光荣，这样的例子还多着呢。

在大炮俱乐部那次有名会议之后几天，某个英国剧团经理告诉大家将

① 相当于十万法里，这是电流的速度。——原注

在巴尔的摩剧院上演《无事生非》①。不过市民们认为这个剧名是在影射巴比康主席的方案，他们于是冲进剧院，砸碎凳子并迫使那倒霉的经理更改表演公告。那家伙还是比较聪明，他顺从公众意志并用《皆大欢喜》②代替了那不合适的喜剧，在好几个星期里，他为此获得了不菲的收入。

第四章　剑桥天文台的回信

不过，巴比康并没有沉醉于众人的表扬声中。他第一件要做的事就是把他的同事们集结到办公室。在那里，经过一番探讨，关于方案的天文学部分，他们一致同意去咨询天文学家。一旦收到天文学家们的回信，就开始探讨机械装备问题。为了保证这个有名的试验成功，任何细节都不能遗忘。

于是他们编写了一份包含许多专业问题的简短纪要，寄给了位于马萨诸塞的剑桥天文台。剑桥是美国第一所大学的所在地③，正是以这座天文台而闻名于世。那里集结了一些功绩显赫的科学家；帮助邦德解析仙女座星云，帮助克拉克发现天狼星的那架功率强大的望远镜就在那里。这个有名的机构说明了大炮俱乐部有充分的理由相信它。

两天后，巴比康主席终于收到了焦急等待中的回信。以下是回信内容：

剑桥天文台台长致大炮俱乐部主席：

我台收到您本月6日，以巴尔的摩大炮俱乐部全体会员的名义寄给剑桥天文台的尊函之后，马上召开会议，对于回信，我们认为应当回复如下：

以下是向我们提出的一些问题：

1. 能不能向月球发射炮弹？

2. 地球和它的卫星之间的精确距离是多少？

---

① 莎士比亚的一部喜剧。——原注

② 出自莎士比亚。——原注

③ 1636年，哈佛大学在马萨诸塞州的剑桥成立。

　　3. 在足够迅速的推动下，炮弹射程将坚持多少时间？所以，为使它能降落在月球上某一个特定地点，应该在什么时刻发射它？

　　4. 炮弹送达月球的最理想位置在什么时候出现？

　　5. 发射炮弹的大炮应该对准空中什么位置？

　　6. 炮弹射出时，月球在太空的什么地方？

关于第一个问题：能不能向月球发射炮弹？

　　可以，只要能够让炮弹初速为每秒一万两千码，就可以向月球发射炮弹。计算说明这个速度是能够的了。当物体离开地球时，地心引力作用与距离增加的平方成反比，也就是说，假如距离增大到原来的三倍，那么引力作用就减少到原来的九分之一。所以，炮弹的重力迅速减少，最后当月球的引力正好抵消地球的引力时，即达到射程的五十二分之四十七时，它的重力完全没有。在那个时刻，炮弹就会失重，当它越过那个点时，它就会仅仅由于月球引力作用而掉在月球上。试验的理论可能性在这里得到了完全的说明；至于它能不能成功，则取决于发射装置的能力。

关于第二个问题：地球与它的卫星之间的精确距离是多少？

　　月球环绕地球的轨道不是圆形的，而是椭圆形，地球正好占据了这个椭圆两个圆心中的一个；因此可知，月球有时离地球较近，有时较远，或者用天文学术语说，有时在远地点，有时在近地点。不过，最大距离和最小距离之间的差距是相当大的，大到我们不能忽略。实际上，在远地点时，月球距离我们二十四万七千五百五十二英里①，在近地点时，月球仅仅距离我们二十一万八千六百五十七英里②，相差两万八千八百九十五英里③，即射程的九分之一。所以应该以近地点的距离作为运算基础。

---

　　①　约合九万九千六百四十法里，一法里等于四公里。——原注

　　②　约合八万八千六百五十七法里。——原注

　　③　约合一万一千法里。——原注

关于第三个问题：在充足初速的推动下，炮弹射程将坚持多少时间？所以，为使它能降落在月球上某一个特定地点，应该在什么时刻发射它？

假如炮弹能一直保持它射出时的每秒一万两千码的初速，它到达目的地仅仅只要九小时；不过由于这个初速将缓缓地减慢下来，经过运算，炮弹到达地球引力和月球引力相抵消点时需要三十万秒钟，即八十三个小时二十分钟，然后再用五万秒钟从这个点降到月球上，即十三个小时五十三分二十秒。所以应该在到达月球上的瞄准点九十七个小时十三分钟二十秒之前把它送出去。

关于第四个问题：炮弹到达月球的最理想位置出现在什么时候？

按照上面所说，第一应该选择月球出现在近地点，同时通过天顶最高点那一刻，这可以减少相当于一个地球半径的距离，即三千九百一十九英里；这样最终射程为二十一万四千九百七十六英里①。不过，虽然月球每个月会经过它的近地点，却不一定同时通过天顶最高点。这两个条件同时需要有一个很长的时间间隔。所以必须等待近地点和最高点巧合那一刻。然而，明年12月4日月球将恰好同时拥有这两个条件：午夜，它将在近地点，也就是说那时离地球最近，并且它将同时通过天顶最高点。

关于第五个问题：发射炮弹的大炮应该对准空中什么位置？

在以上意见的基础上，我们认为炮弹应该瞄准天顶最高点②；那么，发射将垂直于地平线，炮弹就能更快地脱离地球的引力。

不过，要使月球上升到天顶最高点，这个地方的纬度不应高于月球的赤纬，换句话说，它必须在南纬或者北纬0度至28度之间③，在其他任何地点就必须倾斜发射，这将妨碍试验的成功。

---

① 约合八万六千零四十法里。——原注
② 天顶最高点即观察者头顶上的空中垂直点。——原注
③ 事实上，只有在赤道与28度平行的区域，月球的平纬最高点才会到达天顶最高点；超过28度，月球离天顶最高点的距离要比我们到地极更远。——原注

至于第六个问题：炮弹射出时，月球在空中的什么位置？

当炮弹射到空间那一瞬间，每天向前移动十三度十分三十五秒的月球，必须离天顶最高点四倍于这个度数的地方，即五十二度四十二分二十秒，这个空间正好符合在炮弹射程中月球的行走路径。不过，我们同样还要计算到地球自转而导致的炮弹偏差，炮弹在经历了一个相当于十六个地球半径的偏差之后才到达月球，从月球轨道上着想，大约为十一度，所以我们必须把这十一度加入到刚才提及的月球离天顶最高点的距离，凑成整数为六十四度。所以，发射炮弹时，月球视线方位要与垂直线构成一个六十四度的角度。

这就是剑桥天文台就大炮俱乐部成员的问题所作出的回答。

简要地说：

1. 大炮必须安装在纬度南纬或者北纬 0 度至 8 度之间的地方。

2. 大炮必须对准天顶最高点。

3. 炮弹的初速必须要在每秒一万两千码。

4. 必须在明年 12 月 1 日十点四十七分二十秒那个时刻送出。

5. 炮弹将在发射后四天，于 12 月 4 日午夜月球通过天顶最高点时到达那里。

所以，大炮俱乐部的成员必须从如今起刻不容缓地着手进行这个试验所需的各项工作，必须做好在指定时刻发射的准备，因为假如错过那个 12 月 4 日，他们只能再过十八年十一天才能再碰到月球同时符合在近地点和天顶最高点的必要条件。

剑桥天文台随时准备答复有关天文学理论方面的问题，并同整个美国一起期待你们成功。

剑桥天文台台长

J. M. 贝尔法斯特

剑桥天文台 10 月 7 日

第五章　月球的传说

一位眼光相当敏锐的观察家，假如在宇宙混沌时期，置身于万物环绕的一个中心位置，必然会发现空间充斥着无数原子。但是几个世纪下来，慢慢地发生了变化，引力定律出现了，直到那时为止，游离着的原子还一直受着这条定律的影响；那些原子在亲和性作用下化学合成分子，形成了这些模糊的星团并散布在宇宙深处。

这些星团立即围绕它们的中心点旋转起来。这个由无数分子组成的中心也逐渐聚集并开始旋转；除此之外，按照力学千古不变的定律，随着凝聚导致的体积变小，旋转也愈来愈快，在这两个作用的持续影响下，于是产生了一个主星，这就是中心星团。

认真观察下来，观察家就能看到星团其他分子也和中心星团一样，在加速的旋转运动的作用下，变成无数的星星并围绕着中心星团转动，星云就是这样形成的。按照天文学家统计，至今将近有五千个这样的星云。

在这五千个星云里，有一个被人类称之为银河①的星云包含有一千八百万颗星星，其中有一颗星成了某一个太阳系的中心。

假如观察家特别留意这一千八百万颗星星中的一颗最普通、最黯淡的四等星②——也就是很自豪地称为"太阳"的那颗星星的话，那么有关宇宙形成的一切现象就会先后呈现在他的眼皮底下。

那时，太阳处在气体状态并由移动的分子构成，它绕着自己的轴心旋转，因此来完成自身的凝聚。伴随着体积的减小，这种一直遵循力学原理的旋转运动就会愈来愈快，这样到了某个时刻，离心力和把分子吸向中心的向心力相比，就占据了上风。

此时，观察家的眼前就会出现另一种景象：位于赤道表面的那些分

---

① 这个词出自希腊语。——原注
② 按照沃拉斯通，天狼星的直径是太阳的十二倍，即四百三十万法里。——原注

子，就像投石器上绳子突然断裂后的石子一样纷纷飞离出去，在太阳周围形成许多似土星光环的同心圈。跟着，这一圈圈的宇宙物质也绕着一个中心旋转，分裂成团团雾状云，即行星。

假如观察家这时全神贯注观察这些行星的话，就会发现它们全部和太阳一样运转，并产生了一个或多个宇宙物质圈，这就是我们所称为卫星的低级天体的起源。

就这样，从原子到分子，从分子到星团，从星团到星云，从星云到主星云，从主星云到太阳，从太阳到行星，从行星到卫星，我们见到了从宇宙初期的天体所经历的一系列变化。

太阳好像迷失在无边无际的恒星世界里，不过按照现代科学理论，它总是附属于银河星云。这个太阳系的中心在太空中表现得是如此的渺小，可却又相当巨大，因为它有地球的一百四十万倍大。于创世之初始从它那里衍变而来的八个行星，绕行在它的周围。它们从近到远依次是：水星、金星、地球、火星、木星、土星、大王星和海土星。而且在火星和木星之间还有一些其他体枳较小的大体在有规则地绕行着，它们可能是从某一个爆裂的天体中游离出来的碎片，迄今为止，望远镜已经勘测到九十七块。①

被太阳用伟大的万有定律束缚在椭圆轨道上的这些"仆人"中间，有几个也拥有属于自己的卫星。天王星拥有八个，土星有八个，木星也有四个，海王星可能有三个，地球有一个；这最后一个是太阳系中最微不足道的卫星之一，称之为月球，而美国人想用大胆的天才去征服的也正是月球。

因为离我们相对较近，并且它的月景也由于不同的月相而变化较快，这个夜晚的星体和太阳一样吸引了地球上居民的关注；不过太阳光太刺眼，阳光的耀眼光芒总是逼得它的注视者不得不低下眼睛。相反，金黄色的菲贝则显得较为温柔，它善意地让人们欣赏它优美的风度。它看起来温婉，一点儿也不咄咄逼人，不过有时候也会挡住它的兄弟——光芒四射的阿波罗，可它却从来没遮住过它。伊斯兰教徒早就懂得谢谢地球的这位忠

---

① 其中有些小行星相当小，我们小跑步的话，仅仅需要一大时间就可以跑完一圈。——原注

实朋友，他们按照它的公转周期制定了月份①。

原始人相当崇拜这一位圣洁的女神。古埃及人称月球为爱西斯神；腓尼基人也叫它阿斯塔特；古希腊人则喜欢拿拉多娜和朱庇特的女儿菲贝的名字来称呼它，他们还解释说月食是由于狄安娜女神②偷偷看望美丽的安荻梅恩去了。另外，不妨听听这些神话，奈梅埃的狮子在来到地球前曾经驰骋在月球的原野上，据普鲁塔克③引证，阿杰西纳科斯这位诗人曾在他的诗句中歌颂月神塞勒涅靓丽的光线勾勒出的温柔的眼睛，迷人的鼻子和迷人的嘴巴。

从神话方面看来，虽然古人知道月球的性格、脾气，也就是说它的道德品质，但他们中最博学的人对月面学还是一无所知。

然而，早先年代的好几个天文学家还是了解了它的某些特点并得到了现代科学说明。亚加狄亚人宣称他们在宇宙还没有月球时曾经在地球上居住过，塔修斯把它看作从太阳上脱离的碎片；亚里士多德的学生，克莱阿克把它当作一面能映照海洋的光滑镜子；另外还有一些人把它归结为地球散发的一团蒸汽，或者一半是火一半是冰的自转球体；有几个科学家，他们虽然缺少光学仪器，但却凭借敏锐的观察，猜想到了支配这个黑夜星体的大部分规律。

所以，泰勒斯④生前发表了他的看法，认为月球是太阳照亮的。萨默斯·阿里斯塔克⑤对月相作出了合理的解释。克莱奥玛尔指出月球是靠反射光来发亮。加勒底人别洛斯发现它自转和公转的周期相等，并因此解释了月球为什么总是呈现同一面。最后，公元前 2 世纪，西巴克⑥意识到了地球卫星在其运动中存在某些均差。

这种种猜测后来都得到了验证，并且相当有助于以后天文学家的探

① 每月大约二十九天半。——原注
② 古希腊传说中的月神。
③ 希腊传记作家及道德家。
④ 泰勒斯，约公元前 640—前 546，希腊哲学家。
⑤ 公元前 3 世纪希腊天文学家。
⑥ 公元前 2 世纪希腊天文学家。

索。公元 2 世纪的普陀勒密，公元 10 世纪的阿拉伯人阿布维法，进一步补充了西巴克的看法，他们认为月球的轨道在太阳影响下呈波状起伏并导致了均差。接着 15 世纪的哥白尼①和 16 世纪的迪果·布拉赫充分体现了宇宙系统和在整个天体体系中月球所起的作用。

在那个时期，它的运动规律几乎是明确了，不过人们对它的物理构造却知之很少。但是伽利略凭借月球上山脉的存在解释了某几个相位的光现象，他认为这些山脉的平均高度为四千五百托瓦兹②。

在他以后，但泽的一位天文学家赫维利把最高高度降到两千六百托瓦兹；不过他的同行里西奥利再次把它重新提到七千的高度。

18 世纪末，装备有一架功率强大的望远镜的赫显耳又大幅度地缩小了先前提出的高度。他把最高的山脉降低为一千九百托瓦兹，而且把山脉的不同高度平均为仅仅四百托瓦兹。然而赫显耳还是错了，这个问题最后是由施罗特尔、鲁维勒、哈雷、纳斯密斯、比安基尼、巴斯多尔夫、洛尔曼和克利社伊逊的观察，特别是比尔和默德雷两位先生孜孜不倦的研究才得以彻底解决。依靠这些科学家，如今我们才能完全知晓月球上山脉的高度。比尔和默德雷两位先生测量过一千九百零五座山脉的高度，其中六座超过两千六百托瓦兹，二十二座超过两千四百③。它们中最高的山峰以三千八百零一托瓦兹的高度俯瞰着月面的地表。

就在此时，我们对月球的认识进一步完整起来。这个天体上随处是火山口，每一次观察测量都显示它以火山为主的特性。从被它遮住的行星的星光没被折射这一点看来，我们可以判断出月球上几乎根本就没有空气。没有空气，因此也就没有了水。所以，很明显，月球人必须拥有独特的身体构造并与地球人迥然各异才能在这种条件下生存。

反正，我们通过先进的仪器，借助新的方法不断地了解着月球，不留

---

① 参见法兰西研究院 M. J. 贝特朗的著作《现代天文学创始人》一书。——原注
② 法国旧长度单位，相当于 1. 949 米。
③ 勃朗峰的海上高度是 4813 米。——原注

下任何一点未探索到的地方，虽然它的直径有两千一百五十英里①，它的面积相当于是地球的十三分之一②，它的体积相当于地球这个扁球体的四十九分之一；但它的任何一个秘密都避不过天文学家的眼睛，而且这些能干的科学家还进一步发展了他们惊人的探索。

他们观察到在满月时，月面的某些部分呈现出了白色的条纹，可在不同月相时却有一些黑色的条纹。经过一番更准确的研究，他们终于完全弄清楚了这些条纹的性质。那是一些凹陷在两条平行边之间并延伸到火山口周围的狭长的沟槽；它长十到一百英里，宽八百托瓦兹。天文学家叫它们为沟槽，不过他们能做的，也就是给它们取个这样的名。至于这些沟槽是不是以前河流干涸的河床，他们没能给出圆满的解答方案。所以，美国人相当希望有一天能了解这个地质现象。他们同样也期望有朝一日能够了解月球表面的这一系列平行壁垒的本质，它们的发现者，慕尼黑博学的格利杜逊教授当时认为这些是月球人工程师垒起来的防御系统。这两种尚未明了的看法，很明显还可能有其他的问题，都只能在与月球建立直接联系之后才能得到完全解决。

关于月球光的强度已不存在任何质疑；我们知道月球光是太阳光的三十万分之一，它的热度对温度计几乎没有影响；至于那个被称为月球"灰光"的伟大现象，自然是地球把太阳光投射到月球产生的效应，当新月或满月时，"灰光"与显现月牙形式的月面相映成辉。

这就是我们关于地球卫星所掌握的全部状况，大炮俱乐部打算从宇宙学、地质学、政治及伦理学等各个角度来进一步完善这些知识。

第六章　全世界行动起来

天文学、力学以及地形学的困难一旦解决，剩下来的只有金钱问题了。计划的进行需要筹集到数目很大的一笔钱。无论哪一个人，什么国家

---

① 即八百六十九法里，也就是说地球半径的四分之一多一点。——原注
② 三千八百万平方公里。——原注

拿得出所需的千百万美元。

尽管这是一项美国人的试验，但巴比康还是拿定主意把它当作全世界的共同事业，并祈求每个国家给予经济上的协作。参加有关地球卫星的事业既是整个地球的权利也是责任。以此为目的发起的募捐活动从巴尔的摩拓展到了全世界，"全世界行动起来"①。

这场募捐可能会获得意想不到的成功。不过它要求的是赠与一笔钱，而不是贷款。确切地说，这个活动是无利可图的，且没有任何获利的机会。

巴比康报告的影响并不只限于美国境内。它穿越了大西洋和太平洋，同时也传到了亚洲和欧洲、非洲和大洋洲。合众国的各个天文台立即和国外的天文台取得了相关联系。一些天文台如：像巴黎、彼得堡、开普敦、柏林、阿尔托纳、斯德哥尔摩、华沙、汉堡、布达、波伦亚、马耳他、里斯本、贝拿勒斯、马德拉斯和北京的天文台，都向大炮俱乐部发来了贺信，还有一些天文台则谨慎地持观望态度。

至于格林威治大文台，在英国其他二十二个天文组织的支持下，明确表示了相反意见。他们站在尼切尔船长一边，坚决否定了这个试验成功的可能性。所以，当各个科学家团体纷纷表示要派遣代表去坦帕城时，格林威治天文台却召开了会议，粗暴地拒绝了巴比康的提议。这根本就是英国人的嫉妒。

总体而言，科学界的反应很好，这种反应又传给了热衷于这个问题的群众。因此很重要，因为这些民众都在被要求捐献大笔资金之列。

巴比康主席于10月8日发表了一篇热情洋溢的声明，在声明里他祈求得到"地球上所有善良的人"的帮助。这份被翻译成各种语言的文件获得了巨大的成功。

募捐活动就在合众国的一些重要城市进行，募捐资金集中存放到位于巴尔的摩街道九号的巴尔的摩银行，接着又在欧、美两个大陆的不同国家进行募捐：

①　原文为拉丁语（这是罗马教皇举行普世降福仪式时用语），意为对罗马并对全世界。

维也纳，S. M. 德·罗思柴尔德父子银行；

彼得堡，施蒂格利茨公司；

巴黎，动产信贷银行；

斯德哥尔摩，托蒂及阿尔弗莱特生银行；

伦敦，罗思柴尔德父子银行；

都灵，阿杜安公司；

柏林，门德尔松银行；

日内瓦，隆巴德和奥迪耶公司；

君士坦丁堡，奥托曼银行；

布鲁塞尔，朗贝尔银行；

马德里，丹尼尔·魏斯魏勒银行；

阿姆斯特丹，新西兰信贷银行；

罗马，托洛尼亚公司；

里斯本，莱赛纳银行；

哥本哈根，民营银行；

布宜诺斯艾利斯，莫阿银行；

里约热内卢，莫阿银行；

蒙得维的亚，莫阿银行；

瓦尔帕莱索，汤姆·拉尚布尔公司；

墨西哥城，马丁·达朗公司；

利马，汤姆·拉尚布尔公司。

巴比康主席发表声明后第三天，四百万美元就存入了合众国各个城市的银行。有了这么一笔钱，大炮俱乐部的试验已经可以开始进行了。

没过几天，就有电报通知说外国募捐的活动也在轰轰烈烈地进行着。有些国家表现慷慨大方，有些国家出手不那么爽快。这就是民族气质的问题。

虽然如此，数字比豪情壮语更具有说服力，以下是募捐结束后记入大炮俱乐部资产的正式募捐数目详单。

　　俄罗斯为此承受了一份数目巨大的定额——三十六万八千七百三十三卢布（一百四十七万五千法郎）。其实，俄罗斯人对科学怀有很强的欲望，因为他们拥有许多天文台——其中最大的一家花费了两百万卢布，他们才能在推动天文学研究方面取得很大的进步。所以说，只有那些对这些状况不了解的人，才会为上面的募捐数目大吃一惊。

　　法国人一开始还嘲笑美国人的清高。他们抓住机会把月亮编排成上千个熟知的文字游戏和二十来部滑稽戏，里面充斥着庸俗和无知。不过，像从前法国人唱完歌就掏钱一样，这一次，他们笑完之后也付了钱，他们募捐了一百二十五万三千九百三十法郎。付了这笔钱，他们理所当然有权利再找点乐子。

　　奥地利虽然陷于金融危机中，却也显得足够大方。它那一份子主要源自国家税收，募捐数目为二十一万六千盾（五十二万法郎），这受到了热情的欢迎。

　　瑞典和挪威两国的资助总额为五万两千里克斯达①（二十九万四千三百二十法郎）。对这两个国家来说，这已是一笔不小的数目；不过，假如募捐活动在克里斯提安尼亚和斯德哥尔摩同时举行的话，捐款肯定会更多。不知为什么，挪威人不喜欢把钱寄往瑞典。

　　普鲁士人寄送了二十五万塔勒（九十三万七千五百法郎），这说明他们相当同意这项试验。他们的各个天文台积极踊跃地捐出了大笔钱，并以最大的热情鼓舞了巴比康主席。

　　土耳其表现得也很大方。不过，这项试验与其国家利益有关；实际上，它的年历和斋戒日就是按照月亮的运行来调整制定的。它的捐赠数可不能少于一百三十七万五千六百四十皮阿斯特（三十四万三千一百六十法郎），而且里面还倾注了它的一番热情，只是这份热情里却明显带有政府的强制性。

　　在所有的二等国里，比利时以其五十一万三千法郎的赠与（人均捐款约十二生丁）名列前茅。

① 旧时北欧、东欧用的银币。

荷兰和它的各个殖民地以十一万盾（二十三万五千四百法郎）的捐款表示了对这项试验的兴趣，不过，因为他们付的是现金，所以要求给百分之五的折扣。

丹麦人虽然国土很有限，却也给了九千个成色十足的杜卡托①（十一万七千四百一十四法郎），这足以说明丹麦人对科学探险的热爱。

日耳曼联邦承诺捐赠三万四千两百八十五弗罗林（七万两千法郎）；已经不会向它要求更多了；再说，即便再要求，它也不可能多给一分钱。

虽然经济很拮据，意大利还是从它孩子们的口袋里掏出了二十万里拉，不过是把他们的口袋整个儿翻过来才凑齐的。假如威尼斯地区属于它的话，它会做得更出色些；可惜当时威尼斯已不再属于它。

天主教会的僧侣们觉得出资数目不应少于七千零四十罗马埃居（三万八千零十六法郎），而葡萄牙把对科学的忠诚提升到三万克鲁扎多（十一万三千两百法郎）。

但是由于墨西哥，出资八十六皮阿斯特（一千七百二十七法郎），这已是"寡妇口袋里的最后一个子儿了"，不过，帝国在刚建立时，手头还是有点拮据。

两百五十七法郎，这就是瑞士为美国的有名事业所提供的一份微薄的贡献。必须坦白地说，瑞士根本没看到这一试验有任何意义，它并不认为向月球发射一枚炮弹的行为实质上就是要和黑夜星体建立生意上的联系，在它看来，给这么一个没有把握的行动注入资金实在有欠稳妥。但是话说回来，也许瑞士是对的。

至于西班牙，它是不可能募集到比一百一十里亚尔②（五十九法郎四十八生丁）更多的钱了。它的理由是，它的铁路修建工程还没结束。实际是科学在这个国家不很受重视。它还处在落后的地位，并且还有一些西班牙人，他们倒并非没有学识，却不很明白地知道相对于月球，炮弹体积有多大；他们害怕炮弹会扰乱月球轨道，使月球的卫星作用紊乱并会最终导致月球坠毁到地球表面。在这种状况下，最好的办法是放弃，所以他们

① 威尼斯古金币名。
② 西班牙古银币名。

就只给了几个里亚尔。

剩下来的就只有英国了。我们清楚它对巴比康的提议不屑一顾，持的是反对态度。对大不列颠国的两千五百万居民来说，英国人只有一个同样的灵魂。他们放出风声说，大炮俱乐部的举动有悖于"不干涉原则"，他们一个子儿也不会给。

听到这个消息，整个大炮俱乐部只耸了耸肩，然后继续它的有名事业。当南美洲，也就是秘鲁、智利、巴西、拉普拉塔河流域的各省和哥伦比亚分摊了总共三十万美元（一百六十二万六千法郎）时，它以其巨额募捐而名列前茅。以下是总账：

美国捐资：四百万美元。

外国捐资：一百四十四万六千六百七十五美元。

共计：五百四十四万六千六百七十五美元。

这些就是公众们倒入大炮俱乐部钱箱里的五百四十四万六千六百七十五美元。

对于这笔捐款的数目之巨大，没有人觉得惊讶。铸炮、穿孔、砌筑、工人输送、在荒无人烟的地方安置工人、建造熔炉和房屋、工厂的设备装置、火药、炮弹以及想不到的开支，所有这些支出，按照工程预算表，必然会把这笔钱差不多全部用完。南北战争时期，某些大炮一发就要花费一千美元；那么巴比康主席的这颗在大炮纪事上空前的大炮，肯定要贵上五千倍了。

10 月 20 日，和戈德斯柏林工厂签订了一份协议，这个工厂离纽约不远，在战争时期，曾经供给帕罗特最理想的铸炮。

缔约双方约定，戈德斯柏林工厂负责把铸造哥伦比亚大炮所需的物资运到佛罗里达南部的坦帕城。这项工程必须在明年 10 月 15 日之前完工，而且要担保移付的大炮完好无损，不然就要处以每天一百美元的违约金，罚到月亮以同样的条件出现那天为止，也就是说十八年十一天之后。合约还约定，招聘工人、他们的工资以及必要的管理工作都归戈德斯柏林工厂发放。

这份诚信无讹的协议一式两份，经大炮俱乐部主席巴比康和戈德斯柏林工厂经理默奇森双方签字，马上就生效了。

第七章　乱石岗

自从大炮俱乐部成员做出了不利于得克萨斯的选择以来，在有文化的美国，每个人都把探索佛罗里达的地理引为己任。书店从来都没有销售出去过这么多本巴特朗的《佛罗里达游记》、罗曼的《佛罗里达东部和西部自然史》、威廉的《佛罗里达版图》、克莱朗的《论佛罗里达东部的甘蔗种植》。这些书一时售完，有待再版，真是疯狂到了极点。

巴比康要做的事比读书更为重要，他要亲眼看到并标出哥伦比亚大炮的铸造地点才放心。所以，他立即将造望远镜的款项拨给剑桥天文台，和奥尔巴尼的雷德维尔公司签署了铸造铝炮弹的合同；然后，在 J. T. 马斯顿和艾尔菲斯通少校以及戈德斯柏林经理的亲自陪同下离开了巴尔的摩。第二天，这四位旅伴抵达了新奥尔良。在那儿，他们马不停蹄地登上合众国海军的护卫舰"唐皮科"号，这是政府专门拨给他们使用的，随着军舰的起航，路易斯安那河岸也马上从眼前消失了。

航行路线并不很长。在出发后两天时间里，唐皮科号就横渡了四百八十英里，驶向了佛罗里达海岸。在驶近时，呈现在巴比康眼前的是一片平坦的低地，看样子相当贫瘠。经过一系列盛产牡蛎和龙虾的小海湾后，唐皮科号驶进了圣埃斯皮里图海湾。

这个海湾一共有两个狭长的港湾，坦帕港湾以及希尔斯巴勒港湾。护卫舰马上越过这两个港湾之间的狭窄入口。一会儿之后，布洛克炮楼的低炮台从波浪上方浮现了出来，然后，坦帕城出现了，松散的小城坐落在希尔斯巴勒河口的天然小港口的最里面。10 月 22 日晚上七点，唐皮科号就在这里停下了；四位乘客随即下了船。

走在佛罗里达的土地上，巴比康感到他的心猛烈地跳动着；他用脚试探着土地，就像一个建筑师查验房子是不是牢固一样。马斯顿也用他的铁钩扒弄着地面。"先生们，"巴比康说，"我们没有时间可消耗，明天我们就骑马去探测这个地区。"

巴比康一踏上土地，坦帕城的三千居民就蜂拥而至来欢迎他，这是青睐他们的大炮俱乐部主席应得的光荣。人们用热情的喝彩声迎接他；不过，巴比康还是躲开了所有的喝彩，躲在弗兰克林旅馆的一个房间里，不愿接见什么人。他没有当名人的习惯。

第二天，10月23日，一匹匹状态极好的西班牙品种的小马在他的窗下用前蹄踢蹬着，可他看到的不是四匹马，而是五十匹，上面都有骑士。巴比康在他三个同事的陪同下，从楼上走了下来，看到自己置身于这样一个马队，很是惊讶。另外他还留意到每个骑士肩上斜挎着一把马枪，系在马鞍两旁的手枪皮套里插着手枪。一个年轻的佛罗里达人马上对他道出了这般武装配置的原因，他对他解释说："先生，这里有塞米诺人。"

"什么塞米诺人？"

"一些在草原上奔跑的野蛮人，为了安全起见，还是由我们来保护你们较好。"

"呸！"马斯顿攀爬着他的坐骑，不屑一顾地哼道。

"不管怎么说，"佛罗里达人接着说，"这样会更安全些。"

"先生们，"巴比康回答道，"谢谢你们的关照，好，出发！"

小队人马马上出动并消失在阵阵尘土中。这时是早上五点钟；阳光已经洒向大地，温度计上显示着84度①；不过凉爽的海风减轻了这个高温带来的炙热。

巴比康离开坦帕城，顺着海岸朝南向阿里菲娅小溪前进。这条小河流位于坦帕城上方十二英里处，流入希尔斯巴勒港湾。巴比康和他的护卫队顺着河右岸，向东上行。海湾的波浪立刻消失在曲折起伏的地面后面，展现在眼前的是佛罗里达的平原。

佛罗里达分为两部分：北部人口稠密，不太荒芜，首府是塔拉哈西，

---

①　华氏温度。等于28摄氏度。——原注

而彭萨科拉是美国海军最重要的军工厂之一；南部位于大西洋和墨西哥湾之间，处于这两片海水的包围中，不过是一个受到墨西哥湾海流侵蚀的半岛以及迷失在小小的群岛中的一小片荒地而已，巴哈马运河上的众多船只川流不息地从它身旁绕行而过。这是港湾暴风雨的"哨兵"。这个州的面积是三千八百零三万三千两百六十七英亩（一千五百三十六万五千四百四十公顷），如今必须在这一地区挑出一块坐落在纬度二十八度以内的、适宜试验的地方；所以，巴比康骑在马上，认真地勘测着地形和它独特的结构。

佛罗里达是居安·蓬斯·德·雷文于 1512 年圣枝主日①那天被发现的。所以最初起名为"花丛中的圣枝主日"。可它那被太阳烤焦的干燥海岸与这个迷人的名称不太相符。顺着河边走了几英里之后，土质逐步变化，才觉得这个地区的名副其实；许多小溪、小河、江流、池塘和小湖泊纵横交错；人们仿佛置身于荷兰或圭亚那；原野慢慢地从地平线爬了起来，它那种满农作物的平原马上就尽收眼底。那儿有北方和南方所有的蔬菜作物，得益于热带充分的日照并保存在黏土里的水分，这片广阔的田野上种植着各种新鲜农作物，接着是一望无际的菠萝、山芋、烟草、水稻、棉花和甘蔗田，它们自由自在、大方地展示着自己的富有。

巴比康观察到地势逐步升高，对此似乎相当满意，当马斯顿问他一个这方面的问题时，他回答道："尊敬的朋友，我们最感兴趣的是要在高地上铸造我们的哥伦比亚大炮。"

"是为了让大炮和月亮更近点吗？"大炮俱乐部的秘书大声问道。

"不是！"巴比康微笑着回答，"多几托瓦兹少几托瓦兹有什么重要的？无关紧要的，不过在高地上，我们的工作将更加容易进行；我们就不需要与水作斗争，那样的话我们就不必安装又长又费钱的水管了，既然我们要挖一个九百英尺深的基坑就不能不思考到这一点。"

"您说得对，"工厂经理默奇森也说道，"在挖掘时，要尽可能地躲避开水流；但假如我们碰到了泉水，也不打紧，我们可以用机器抽干它们，

---

① 即复活节前的礼拜天。

或者疏导它们。这里可不是那种又窄又黑的喷水井①。在那儿，人们使出了打井的所有器具——丝锥、套筒、探针等，盲目地劳作着。这里是不会这样的。我们将在大白天露天工作，手里只拿十字镐或鹤嘴镐，再借助地雷，我们的活儿将会很好地进行下去。"

"不过，"巴比康接下来说，"假如地势高或土质好，我们就可以避免一场与地下水的斗争，工程就会进行得更快捷、更出色；所以，我们要找一个高于海平面几百托瓦兹的地方来挖掘我们的基坑。"

"您说得太对了，巴比康先生，假如我没弄错的话，我们马上就要找到理想的地点了。"

"啊！我想挖第一下。"主席说道。

"我来挖最后一下！"马斯顿叫道。

"我们会办到的，先生们，"工程师回答道，"而且，请相信我，戈德斯柏林的公司将用不着支付延误罚金。"

"炮神巴尔波啊！您说得太好了！"马斯顿大声吼道，"一天一百美元直到月亮具有同样的条件时为止，也就是说十八年十一天，你们可知道这要花费六十五万八千一百美元？"

"不，先生，我们不明白，"工程师回答，"我们也不需要明白。"

接近早上十点时，小队人马已行驶十二英里的路程，走完肥沃的田野之后到达森林地区。那儿，生长着热带地区品种齐全的很多树种。这些几乎难以进入森林里有着石榴树、橘树、柠檬树、无花果树、橄榄树、杏树、香蕉树、粗壮的葡萄枝蔓等等，树上长着水果和花朵，真是五彩缤纷、香气袭人。这些奇妙的、飘香的树荫里是鸟的世界，色彩缤纷的小鸟们飞翔着、歌唱着，其中特别引人注目的是食蟹鹭，要配得上这些长着羽毛的玲珑可爱的小家伙，它们的鸟巢得像珠宝盒才行。

马斯顿和少校身处这么富足的大自然里，不能不称赞美妙的景色。然而巴比康主席对此却毫无反应，一心只想往前赶路；他讨厌这个如此肥沃的地区，恰恰因为它太肥沃；尽管没有什么地下水探寻术，但他总感觉

---

① 人们几乎用了整整九年时间挖格勒耐尔水井，它的深度为五百四十七米。

到水在他的脚底下流动，于是他一路寻找真正的干旱地的迹象，可却白费
力气。

不过，大家还是继续前行。必须涉水过好几条河，倒不是没有什么危
险，因为河里挤满了长达十五到十八英尺的凯门鳄。马斯顿用他那根令人
生畏的铁钩勇敢地吓唬着鳄鱼，不过他只引起了对岸那群野生居民——鹈
鹕、野鸭、鹩的恐惧，而一群高大的红色火烈鸟则呆呆地注视着他们。

最终，这些湿地的东道主终于消失了，小树稀稀落落分散在小树林
里；受了惊吓的黄鹿群在无际的平原上奔跑着，一望无际的平原上孤零零
地矗立着几簇树木。

"总算找到了！"巴比康从马镫上站了起来，高兴地嚷道，"瞧，这是
松树地带！"

"也是野人地带。"少校附和着。

地平线上出现了几个塞米诺人；他们情绪激昂，骑着马跑来跑去，有
的挥舞着长矛，有的举着步枪射击发出沉闷的声音；除此之外，他们仅限
于做出这些敌对的表示，所以没有引起巴比康和他的同伴们的不安。

于是，他们走到了一块遍地石头的平原，这块光秃秃的平原有好几英
亩，阳光火辣辣地照在上面。它由一块隆起的空旷地形成，仿佛告诉大炮
俱乐部成员，它具有安置哥伦比亚大炮的所有条件。

"停一下！"巴比康停下来说，"这个地方在当地有名字吗？"

"它叫乱石岗。"一个佛罗里达人回答道。

巴比康一句话也不说就跳下了马，拿出工具，开始相当认真地测定他
所处的位置；一队人马围在他身旁，鸦雀无声地认真看着他。

这个时候，太阳刚好经过子午线。过了一会儿之后，巴比康飞快地运
算着观察到的结果，然后说："这个地方位于海拔三百托瓦兹、纬度27°
7′、经度5°7′①；依我看来，这里的土质干燥、多石，这些正好是做试验
的有利条件；所以，就在这儿将建立起我们的仓库、车间、熔炉以及工人
们的窝棚，从这个地方，"他一脚踏在乱石岗的山头上，又重复说道，

---

①　华盛顿经线。它和巴黎经线相差79″22′。所以，这个经度用法国人的算法
应该是83″25′。——原注

"我们的炮弹就将从这里走向太阳系空间！"

第八章　大会

　　第二天，太阳在公众的等待中慢吞吞地爬了起来。对于在这样一个好日子担任着照明任务的太阳来说，人们觉得它过于懒惰。巴比康害怕到时会有不利米歇尔·阿尔当的提问，想把听众仅限为少数专家，比如说，让他的同事们参与。可这就好比筑堤阻挡尼亚加拉瀑布，丝毫不抵用。所以，他不得不取消他的计划，只能让他的新朋友在演讲会上碰碰运气了。尽管坦帕城新的证券交易所面积很大，但是，大家还是认为它不能胜任这样一个盛典，因为据估计，这次会议具有一个集会的规模。

　　会场最终选在城外一大片平地上。人们仅用了几个小时，就把平地上的阳光全部遮挡住了，港口那些船只有的是船帆、索具、吊杆以及桅桁，这为建造一个巨大的帐篷提供了必要的附属装置。一会儿时间，在被晒得滚烫的草原上，一个帆布做成的巨大天花板蔓延开来，挡住了白昼的酷热。三十万人在那里找到了位置，他们一连几个小时不顾闷热，等待法国人的到来。这成群的观众中，有三分之一的人可以看见并听到发言者的讲话；另三分之一的人勉强看得见，但听不到；至于剩下的三分之一的人，他们什么也看不见，听不到。可他们却照样大方地欢迎。

　　三点钟时，米歇尔·阿尔当在大炮俱乐部的几位主要成员陪伴下，出现在大家的面前。他把右臂伸给巴比康主席，左臂伸给马斯顿，他容光焕发，简直比正午的太阳还要耀眼。阿尔当走上一个搭台，向下扫视，只见会场里漆黑一片。他表现得一点也不慌张，也不装腔作势，就像在家里一样愉快、随意、亲切。听到喝彩声，他优雅地回了一个礼；随后，他挥手致意大家平静，当下面一片寂静时，他用英语发言了，而且用相当标准的英语说道："先生们，虽然天很热，我还是要耽误你们的时间，来给你们讲解你们可能感兴趣的月球旅行计划。我既不是演讲家，也不是科学家，我也从没想过要在大庭广众下讲话；不过我的朋友巴比康对我说这样做能使你们高兴，我就只能恭敬不如从命了。所以，请用你们的六十万只耳朵听我讲下去，并请原谅本人的语法错误。"

这番毫不做作的开场白很受在场观众的欢迎，从下面传来了一大片嗡嗡的喝彩声。

"先生们，"他说道，"你们可以自由发言，任何反对或赞成意见都是受欢迎的。这一点交代清楚了之后，那我就开始讲了。第一，请你们不要忘记，站在你们面前的是一位无知的人，可他是如此的无知以至于他甚至无视困难的存在。所以在他看来，搭乘炮弹去月球旅行只是件水到渠成、简易不过的小事而已。这种旅行是早晚会发生的事，至于采用怎样的交通方式，很明显要按照人类进步的规律。人类最初用四条腿行走，然后有一天用两只脚走路，后来用二轮马车，接着又用上了大型旅行马车，接下来便是简陋的公共马车、驿车和铁路；这样，我要告诉你们的是，以后我们就用炮弹作交通工具，说实话，那些行星也不过是些炮弹，只是造物主投掷的一些圆炮弹罢了。还是继续谈谈我们的那个交通工具吧。你们中间的有些人，某些先生，认为推动它的速度将会是相当的快；其实根本就不是这回事；所有星体的运行速度都比它快，而地球本身，在环绕太阳移动过程中，以三倍于它的速度带着我们运转。下面我来举几个例子，只是，我请求你们允许我表达时用法里作为计算单位，因为我还不太熟悉美国度量单位，我怕自己越算越糊涂。"

这个要求显得相当合情合理，所以没有不同意见。于是演说家继续他的演说："先生们，接下来我来说说各个行星的速度。我得承认，虽然我很无知，但我对这个天文学的细节还是了然于胸的；不过，用不了两分钟，你们就会和我一样熟知状况了。请记住，海王星每小时运行速度是五千法里；天王星，七千法里；土星，八千八百五十八法里；木星，一万一千六百七十五法里；火星，两万两千零十一法里；地球，两万七千五百法里；金星，三万两千一百九十法里；水星，五万两千五百二十法里；有些彗星在近日点时的速度竟然为一百四十万法里！而我们的炮弹呢，这些名副其实的不慌不忙的闲逛者的速度却还没超出九千九百法里，而且还会逐渐减小！请问，这是不是令你们大吃一惊呢？难道你们不觉得它将来某一天肯定会落后于其他速度更大的星体，而那些星体的电和光极有可能正是速度的原动力？"

对米歇尔·阿尔当的这个断言，似乎没有任何人提出不同意见。

"亲爱的听众们，"他接下去说道，"假如相信某些目光短浅的人的话——用这个形容词来形容他们是最合适不过了，人类就会被关闭在一个无法超越的包庇留斯圈圈里面了，永远无法投入到行星的太空中，注定在这个星球上过着默默无闻的生活！还好，实际不是那样的！我们马上就要到月球上去，还将到行星上去，到恒星上去，这就像今天我们从利物浦到纽约一样，简单、快速、安全，我们不但要飞越月球的海洋，很快还将走进无边无际的大气层！'距离'这个词不过是相对而言，它最后将缩减为零。"

全体参会会员，虽然为这位法国英雄兴奋万分，不过面对如此大胆的理论还是显得有点目瞪口呆。米歇尔·阿尔当仿佛读懂了他们的内心。

"看样子你们对此还心存怀疑，务实的来宾们，"他面带亲切的微笑然后说着，"那好！我们不妨来推理一下。你们知道一辆快速列车抵达月球要用多少时间吗？三百天，不会更多。一段八万六千零四十法里的路程，又算得了什么呢？它可能还不到绕地球九圈长，任何一个海员和经常外出的旅行者在他们的一生中都走过比这更多的路程。请想一想，我乘炮弹去月球的路上只需九十七个小时！天哪！而你们却总觉得月球离地球很远，认为要冒险去月球非得再三考虑才行！那么假如说要去在十一亿四千七百万法里远的地方绕太阳运行的海王星，你们又会怎么想呢?！就算一公里花费五苏①，也没有几个人有实力做这样一次旅行！罗思柴男爵本人纵然有十亿家财，也不够支付这样一次旅行的全票，少了一亿四千七百万，他能做的也就是停留在半路上！"

听众看样子很是接受这种推理方式；而米歇尔·阿尔当专心于自己的论题，不顾一切地继续着他的推理；他感觉到人们希望听他讲下去，于是怀着令人佩服的镇定继续说道："朋友们，假如拿海王星到恒星的距离做

---

① 苏：法国辅币名。

比较，那么这点距离更算不了什么了；实际上，要估算到这些恒星的距离，我们就不得不进入一个令人眼花缭乱的计数法世界，其中最小的数目也有九位数，并以十亿为单位。请你们原谅我不厌其烦地讲解这个话题，其实这也很能扣人心弦的。请听我说完之后再做评论！人马座的α星距离我们八万亿法里，织女星五十万亿法里，天狼星五十万亿法里，大角星距离我们五十二万亿法里，北极星一百一十七万亿法里，御夫座α一百七十万亿法里，还有其他的许多距离我们成万亿百万亿千万亿法里的星星呢！而我们刚才却还在探讨行星和太阳之间的距离！竟然还固执说这种距离是存在的！错误！大错特错！谬论！你们知道我对这个以光芒四射的太阳为中心、远至海王星的太阳系的看法吗？你们想听听我的理论吗？这其实很简单！在我看来，太阳系是一个均质的固体；组成这个固体的各个行星聚集在一起，互相为邻，一个紧挨着另一个，它们之间的距离很小，就像银或铁或铂这一类密度最大的金属分子间的间隙那么小！所以，我有理由相信，满怀信心地（你们所有人也将坚信）再次强调："'距离'只不过是个空洞的字眼，距离根本就不存在！"

"说得太棒了！精彩极了！乌拉！"在演说家有力的手势、抑扬顿挫的话语，以及极其大胆的想法的感染下，整个会议厅齐声喝彩道。

"对，是不存在！"马斯顿喊得比谁都带劲，"距离是不存在的！"

由于动作过于用力加上他的身体猛地向前一冲，他差点儿从搭台上掉下来。不过他重新找到了身体平衡，总算没有跌落下来，不然正好能残酷地说明"距离"并非空洞字眼的论点。然后，循循善诱的演说家接着说下去。"朋友们，"米歇尔·阿尔当说，"我想这个问题如今已经解决。假如说我没能说服你们所有的人，那是因为我在讲解时缺乏自信，论据不充分，还有我理论研究不够充分。虽然如此，但我还是要再次告诉你们，地球和它的卫星之间的距离真的没什么了不起，也不值得一个严谨的人去操心。假如我告诉你们说不久以后我们将建造炮弹专列，人们将很舒适地乘坐这些专列做地球到月球的旅行，这并不是信口开河。到那时这些专列不会碰撞也不会震动，人们坐在里面不用害怕火车出轨，不用经历什么旅途劳累，就能顺着笔直的航线，很快到达目的地，用你们美国猎人的语言说，就是像'蜜蜂飞似的'不拐弯。用不了二十年，地球上就会有半数人去过月球！"

"简直太好啦！米歇尔·阿尔当万岁！"与会者叫嚷着，即便那些还不十分信服的人也不由得跟着喊道。

"巴比康太伟大了！"演说家谦逊地回应道。

这句对行动发起者表示感激的话语赢得了全体一致的称赞。

"如今，朋友们，"米歇尔·阿尔当继续说道，"假如你们有些问题要向我提出来的话，你们肯定会难倒我这样一个可怜虫的，不过，我还是会努力回答你们。"

直到那时为止，大炮俱乐部的主席对讨论态势相当满意。探讨涉及到了一些思辨性的理论，其中米歇尔·阿尔当以其丰富的想象力，表现得相当出色。如今得阻止他把话题偏向实际问题，毫无疑问，这方面他不太擅长。巴比康急忙抢过话题，问他的新朋友是不是认为月球或行星上有人居住。

"你可问了我一个很大的问题，尊敬的主席，"演讲家微笑着回答，"不过，假如我没记错的话，普鲁塔克、斯威登伯格、贝尔纳迪安·德·圣皮埃尔等许许多多伟大的智者都作过肯定的回答。假如站在自然哲学的立场上看这个问题，我和他们的想法是一致的，觉得世界上存在的任何事物都是有用的，所以，巴比康老友，我要从另一个问题来回答你的问题，我要说明所有的天体是不是都适于居住，或已有人居住，或曾经有人居住过或将有人居住。"

"很好！"前几排观众大声赞许道，他们的观点对在他们后面的观众具有法律效应。

"回答得相当合乎逻辑和精确，"大炮俱乐部主席总结道。"所以如今的问题可以归结为：'每个的天体适于居住吗?'我个人是相信这一点的。"

"我也是，我对此深信无疑。"米歇尔·阿尔当回应道。

"可是，"在场的一位观众驳斥道，"有许多证据可以说明天体的不可居住性。很明显，适用于大部分天体的生命起源原理都得改一改了。就拿行星来说，假如它们上面有人居住的话，那么由于各个行星距离太阳远近的不同，有些行星上的人不是会被烧死就会被冻死。"

"可惜我本人不认识这位尊敬的反对者，"米歇尔·阿尔当回答道，"不然我就可以尽我所能答复他。他的反对意见很有意义，不过我相信我能够成功地驳倒它，同样，所有关于天体不可居住性的想法也是我们驳斥的对象。假如我是物理学家，我就会说，假如靠近太阳的行星运行中产生热能的物质不是很多，那么相反，远离太阳的行星上的热质就会多一些，那么这个简单易懂的现象就足以平衡热量，使得这些天体上的温度变得可以让我们这样的有机生命物承受。假如我是自然主义者的话，在诸多伟大的科学家之后，我就会对他说，地球上，大自然也向我们提供了许多动物在各种不同的生存条件下存活的鲜活例子；鱼能在其他动物无法生存的环境里呼吸；两栖动物具有难以解释的双重生存方式；有些海里的生物处于海底深水层，承受着五六十个大气压力却没被压碎；许多水生物，对温度变化一点不敏感，不管在沸腾的泉水中还是在北冰洋的冰原上都能发现它们成群地生活着；最终，我们应该知道大自然有着各种各样的生存方式，这些方式往往很难理解，却都效果显著，甚至达到了无所不能的地步。假如我是个化学家，我就会对他说说陨石，这些很明显是在地球外形成的物质，通过分析显示了无可争议的碳的残迹；这种物质的来源只能归根于有机生物；还有，德兴巴赫的试验表明这必定是'动物质化'过的物质。最后，假如我是神学家，我会对他说，按照圣保罗的思想，上天的救世观似乎不但应用于地球，而且还适用于所有的宇宙天体。然而，我既不是神学家，也不是化学家，既不是自然主义者，也不是物理学家。我对支配宇宙的这些伟大规律一点也不知道，所以我只能回答说：我不知道这些天体上是不是有人居住，正是因为我不知道，我才要去看一看！"

与米歇尔·阿尔当持不同看法的人还有什么要反驳？这一点几乎无法判断，因为人群疯狂的叫喊声淹没了任何一个可能的意见。直到离得最远的人群也重新平静下来后，得意洋洋的演讲家又加了几句评论："你们应该知道，英勇的美国人，这么个大问题我才触及了一点皮毛；我到这里来，并非想给你们上一堂公开课，也不是为这个广泛的论题作辩护。关于其他天体能住人的观点，另外还有一套理论。我这里就把它放在一边，暂且不论。不过请批准我坚持以下这个观点。即对那些认为行星上没人居住的人，应该这样答复他们：'假如能说明地球是最好的天体，那么你们可能是对的，可实际并非如此，不管伏尔泰对此是怎么说的。地球只有一个卫星，而木星、天王星、土星、海王星却都有好几个卫星供它们使用，这可是它们比之于地球不容忽视的优势。而最让我们的星球不舒适的，是它的地轴和轨道之间有一个倾斜度。所以白昼和黑夜不一样长，并产生了讨厌的季节变化。在我们这个倒霉的扁形球体上，总是不是太热就是太冷；冬天冻死人，夏天热死人；这是一个到处都有感冒、鼻炎和炎症的行星，而譬如在木星上，它的轴心倾斜度就很小①，它的居民就可能享受四季恒温；木星上有永远不变的春天地带、夏天地带、秋天地带和冬天地带；每个木星人可以选择他适宜的气候，一辈子免受气候变化之苦。你们至此不得不承认木星的优越性，更不用说它的一年相当于我们的十二年了！另外在我看来，在这些有利因素和优越的生存条件帮助下，这个幸运行星上的居民很明显是一些更高级的生物，他们的学者比我们的更有学问，他们的艺术家更有艺术才能，他们的坏人没我们的那么坏，他们的好人更好。咳！要达到这种完美地步，我们的椭圆形球体究竟少了点什么呢？就那么一点点！只要它自转轴心与它的轨道不那么倾斜就行了。"

"那好！"只听得一个人兴奋地叫道，"那就凝聚我们的力量，致力于发明能矫直地球轴心的机器吧！"

随之而来的是一阵雷鸣般的掌声，提出这个建议的人不可能是别人，只能是马斯顿。这位满怀激情的秘书极有可能是在一名工程师本能的驱动下，说出了这个大胆的提议。不过，必须说清楚——因为事实如此——许多人只是用叫喊声支持这一点而已，也许，假如他们知道阿基米德所寻找的支点所在，那么美国人早就该建造起一根能托起地球的杠杆，把它的轴心给矫直了。可是，这些鲁莽的机械师所欠缺的就是那个支点。

尽管如此，这个"极具实践意义"的倡议获得了巨大的成功；先前的讨论为此中断了整整一刻钟，在很长甚至更长一段时间里，美国各州还

---

①　木星轴心与轨道之间的倾斜角度只不过35分。——原注

一直议论着大炮俱乐部常任秘书这么有胆识的一个建议。

第九章　攻击与驳斥

照这样下去，这个小插曲该使整个讨论会告一段落了。很难找得到比这还要好的"闭幕词"了。然而，当大家的兴奋情绪平静下来之后，人们听到了一个严肃的声音大声地说出了以下的话语：

"演讲家已就他的幻想部分发表了长篇大论，他如今能否回到主题，少谈理论，多讲讲他的月球之行的实践应用部分？"

每个人的目光都转向了敢于这样说话的人。那是一个瘦瘦的、干瘪的男人，面目刚毅，下巴上留有一大撮修剪成美国式的山羊胡子。利用大会期间几次骚动，他一点一点地挪到了第一排观众席上。于是在那儿，他叉着双臂，用大胆又炯炯有神的眼光肆无忌惮地盯着会议的主角。一提完问题他就紧闭双唇，似乎对聚集在他身上成千上万道目光，以及对他的话表示不满的窃窃私语都无动于衷。由于不能立即得到答复，他用同样的明了、清晰的音调再一次提出了他的问题，接着又补充了一句：

"我们是来讨论月球，而不是讨论地球的。"

"您说得对，先生，"米歇尔·阿尔当回答道，"探讨是偏题了点。那就回到月亮的主题上吧。"

"先生，"那陌生人又说道，"您认为我们的卫星上有人居住。那好。可设想有月球人存在，那么那些人必定不用呼吸就能生存，因为——您会对这一点感兴趣的——在月球表面就连一个空气分子也没有。"

听到这句话，阿尔当须发直竖；他意识到他和这个男人的辩论，即将围着问题的关键部分展开。这次轮到他注视对方了，他说：

"啊！月球上没有空气！请问是谁下的结论？"

"科学家。"

"是真的吗？"

"的确如此。"

"先生，"米歇尔接着说，"撇开玩笑话，我对那些的确有学问的科学家怀有深深的崇敬之意，可对那些无知的科学家却鄙夷之极。"

"那您熟悉属于第二类的科学家吗?"

"相当熟悉。在法国，有一人坚持认为，严格地说，鸟是不会飞的；还有一人用理论表明鱼其实不该生活在水里。"

"先生，我们说的科学家可不是这些人，我倒可以举出几个您不得不承认的、支持我观点的科学家的名字。"

"那么，先生，您可真难为我这个可怜的无知者了，不过，他要是能长长见识，那倒是很不错的!"

"既然您没有探索过科学问题，那您为什么要讨论它们呢?"陌生人相当粗暴地问道。

"为什么!"阿尔当回答道，"因为想不到危险的人才是勇敢的人! 我的确什么都不知道，可正是我的弱点才赋予了我的力量。"

"您的弱点简直荒唐透顶。"陌生人一脸不高兴地叫道。

"说得很好!"法国人驳斥道，"要是我的荒唐能带我去月球，那就太好了!"

巴比康和他的同事们直愣愣地盯着这位大胆挑衅他们月球计划的不速之客。谁也没见过他，而主席本人也不敢肯定这么直来直去的辩论会造成怎样的后果，他忧心忡忡地望着他的新朋友。整个会场焦虑不安地关注着，因为这场舌战产生了一个这样的结果，即提醒人们考虑到月球旅行的危险，甚至远征的不可能性。

"先生，"米歇尔·阿尔当的对手又接着说，"有许多无可争议的理由能说明月球周围没有一点空气。我甚至可以凭先天经验说，即便空气曾经存在过，那它也应该被地球吸光了。不过，我更喜欢用确凿的实际来驳斥您的观点。"

"您说吧，先生，"米歇尔·阿尔当彬彬有礼地答复道，"尽管驳斥我吧!"

"您知道，"陌生人说，"当光线穿越一个像空气这样的介质时，它们就会偏离直线，换种说法，它们发生了折射。可当星星被月亮遮挡住，擦过月面边缘时，它们的光线从来没有过一丝偏离也没有一点折射的迹象。所以可以得出明显的结论，即月球并没被大气包围。"

人们望着法国人，因为，一旦这个观点被接受，将会导致严峻的后果。

"的确，"米歇尔·阿尔当回答道，"可能这不是您唯一的一论据，但至少是您最有力的论据了，一个科学家对此可能会不知如何答复；而我，只想跟您说这个论据并非肯定无误，因为它是以假定月球的视角直径完全确定为前提的，而实际并非如此。不过，跳过这个问题不谈，请您告诉我，亲爱的先生，您是不是承认月球表面存在火山。"

"有那么一些死火山；没有活火山。"

"可这让我在不超越逻辑范围的状况下相信，这些火山曾经在某一段时期活跃过！"

"的确如此，不过由于它们可以自己供应燃烧需要的氧气，它们爆发的现象根本不能说明月球大气的存在。"

"好吧，不说这个问题，"米歇尔·阿尔当回答道，"把这一类论据先放一放，来谈谈一些直接的观点吧！不过我事先跟您说明，我要先举几个人名。"

"说吧。"

"好，我举例了。1715 年，卢维尔和哈利两位天文学家——在观察 5 月 3 日的月食时，留意到某些奇怪的雷电。在他们看来，那些不时重复出现的、稍纵即逝的闪光说明月球大气层里的暴风雨。"

"1715 年，"陌生人反击道，"天文学家卢维尔和哈利把一些在我们大气层产生的纯地球的现象，如火流星或其他东西，误当作是月球上的现象了。他们的发现公布后，科学家就是那样回答的，我的答复也和他们的一样。"

"这一点也不谈了，"阿尔当听了对方的驳斥，镇定自如地说道，"赫歇耳在 1787 年不也观察到在月球表面有大量的光点吗？"

"很明显是的；可这些光点的来源问题还没能说明，赫歇耳本人也没有下结论说必须要有月球大气层才会出现这些光点。"

"答得非常好，"米歇尔·阿尔当表扬他的对手说，"我发现您对月球学很在行。"

"非常在行，先生，而且我还要补充说明的是，对这个黑夜星体最有研究的、最有能力的两位观察家，比尔和默雷德两位先生也同样认为月球表层根本没有空气。"

人群中出现了一阵骚动，大家仿佛被这个怪人提出的论据打动了。

"咱们不提这个，"米歇尔·阿尔当相当平静地回答道，"如今谈一个重要的实际。一位能干的法国天文学家，洛斯达先生，通过观察1860年7月18日的日食，观察到当时呈月牙形状的太阳的两个边角圆圆的，被切去了尖角。那么，这个现象只能是太阳光穿越月球大气层时折射造成的，它不可能再有其他的解释了。"

"可这事的确可信吗？"陌生人立即问道。

"当然是这样！"

人群又出现一阵骚动，大会又把注意力转向了大家爱戴的英雄，他的对手这时却一言不发。阿尔当并不因刚取得的胜利而沾沾自喜，他继续说道："亲爱的先生，如今您清楚不该武断地否认月球表面大气层的存在了吧；这个大气层可能不是非常厚，空气比较稀薄，不过今天的科学界已公认它的存在了。"

"虽然您不乐意，但我还是要告诉您，山上没有空气。"陌生人固执己见，驳斥道。

"是没有，可存在于山谷深处，而且不足几百英尺厚。"

"那您可得做好防御措施哦，因为那儿的空气稀薄得很哦。"

"噢！好心的先生，那里的空气足够一个人使用的；而且，一到那上面，我会尽量节省空气，只在盛大场面时才呼吸！"

神秘的陌生人耳边响起一阵潮水般的哄堂大笑声，他神情高傲地用眼光扫视着会场里的所有人。

"所以，"米歇尔·阿尔当神态安定地接着说，"既然我们所有的人都同意有一定的空气存在，那我们也不能不承认那里存在一定数量的水。我个人很高兴得出这个结果。除此之外，可爱的反对者，请批准我再对您谈另外一个看法。我们只了解月球的一面，假如说面对我们的一面上只有很少的空气的话，那么背向我们的一面上可能会有很多空气。"

“那为什么呢？”

“因为月球在地球引力的作用下，呈鸡蛋形状，而我们只能通过它狭小那一头望到它。按照汉森的计算结果，月球的重心位于它的另一半球。于是，就得出这样一个结论，自我们的卫星形成的第一天起，所有的大股空气和水都被吸引到它的另一面去了。”

“简直是无稽之谈！”陌生人大声地说。

“不！这完全是建立在力学定律基础上的理论，我看这些理论是很难驳斥的。这里我请求大会表决，生存在地球上的生命有没有可能存在于月球表面？”

三十万听众同时鼓掌表示通过表决。米歇尔·阿尔当的对手似乎还想说两句，可根本没法让大家听到他的话。叫喊声和威胁的话语像冰雹一样袭向他。

“好了！好了！”有些人叫道。

“把这个擅自闯入的家伙轰出去！”还有一些人不停地喊道。

“走吧！走吧！”愤怒的人群叫道。

然而他一脸坚毅的神色，双手紧紧地扣住搭台，一动不动，任凭风暴发作。要不是米歇尔·阿尔当做手势让会场平静下来，这场风暴恐怕会愈演愈烈。他这人太有骑士风度，不会在这样紧急关头抛下反对者不管。

“那您还想要说几句吗？”他用亲切无比的语气问道。

“是的！一百句，一千句，”陌生人怒气冲冲地回答道，“还不如，不，就说一句！假如您要坚持月球旅行行动，那么您肯定会……”

“胡扯！您怎么可以这样诅咒我呢？我已经要我的朋友巴比康做一个圆锥形的炮弹，这样就不至于一路上像松鼠一样打滚了。”

“可是，可怜虫，发射时强大的后座力就会把您压成碎片！”

“亲爱的反对者，您这才谈到了现实的、唯一的一难题所在了；不过，我相当看好美国人的工程技术，所以不相信他们不能攻克这个难题！”

“可还有炮弹穿越大气层时，它的高速所产生的高温呢？”

“哈！炮弹弹壁非常厚实，而且高温产生时，我早已在一刹那间穿越了大气层！”

"那么食物呢？水呢？"

"我已算过，我可以带上足够一年的食物和水，但可惜的是我的月球之行将只历时四天！"

"那么途中呼吸所需要的空气呢？"

"我会用化学方法制取的。"

"还有万一您真的抵达月球，您如何降落呢？"

"那比降落到地球还要慢五倍，因为在月球表面的重力是在地球上的六分之一。"

"但那还是足以像摔玻璃杯一样把您摔得粉身碎骨哦！"

"可到时谁会阻拦我在必要的时候，使用装置好的、已点上火的火箭来减低下落速度呢？"

"可假如您攻克了所有这些难题、排除了每一个障碍，所有的好运落到了您身上，即便您能安全抵达月球，那您又怎么回来呢？"

"我不回来了！"

这句豪情万丈的话所体现出来的崇高精神，使得整个会场顿时非常安静。不过这种寂静要比疯狂叫喊声更有说服力。陌生人立即乘机提出最后一次不同意见。

"您肯定会赔上您的性命的，"他大声说道，"而那时您的死，不过是一个疯子的死而已，对科学毫无意义！"

"尽管说吧，好心的陌生人，您的预言可真讨人喜欢。"

"啊！受够了！"米歇尔·阿尔当的对手叫道，"真不清楚我为什么还要继续这样一个不严肃的讨论！继续进行您那疯狂的行动吧！其实要受到责怪的不是您！"

"哦！别不好意思！"

"不！另一个人应该对您的行为负起责任来！"

"请问，那人是谁呀？"米歇尔·阿尔当用蛮横的口气问道。

"是那个组织了这个无稽之谈试验的愚蠢的家伙。"

这个攻击相当直接。自从陌生人介入会议以来，巴比康极力控制着自己，气得像有些锅炉房压着火势一样抑制着内心的怒火；然而，看到自己被对方这样过分地侮辱，他猛地站了起来，向那个敢于当面挑衅的对手走去，可他发现他和对方之间突然被隔开了。原来搭台一下子被一百只强有力的臂膊举了起来，大炮俱乐部的主席不得不和米歇尔·阿尔当共享凯旋的荣誉。这个搭台重得很，举着它的人不停地轮流换班，每个人吵吵闹闹，你争我夺，都想用肩膀来表示自己的拥护。

而那个陌生人并没有趁着混乱随机溜走。再说，他身处密集的人群当中，怎么可能脱身而逃呢？很明显不可能。不管怎样，他始终站在第一排，双臂交叉，眼睛直盯着巴比康主席。

而巴比康的眼睛也一刻不曾离开他，两人的目光像两把颤动的剑一样碰到了一起。

在这个胜利游行的过程中，广大的人群的喊声一直维持着最大的强度。

米歇尔·阿尔当很明显很乐意让他们这样做。他容光焕发。搭台一会儿前后颠簸，一会儿左右摇晃，仿佛一条在海浪中的船只。不过这两位英雄在摇晃的船上一动也不动，他们双脚稳稳当当地站在上面，"轮船"于是毫发未损地开到了坦帕城。米歇尔·阿尔当成功地避开了那些热烈的崇拜者的最后拥抱，他躲进弗莱克林旅馆，飞快地跑入房间并飞快地扑到床上，而一支由十万人组成的队伍却还守在窗户底下。

就在这会儿，在神秘人和大炮俱乐部主席中间，正出现一个短促的、严肃的、决定性的场面。

终于得以摆脱的巴比康，笔直地朝着他的对手走去。

"随我来！"他用命令的口吻说道。

那人跟着他在码头上走着，不一会儿，两人单独来到了一个面朝琼斯瀑布的码头入口处。

那里，这两位还互不相识的敌人相互打量着。

"您是谁啊？"巴比康问道。

"我是尼切尔船长。"

"我早就料到是您。直到如今为止，命运还是没把您抛到我的路上来……"

"我已经站在了这条路上！"

"您刚才羞辱了我!"

"而且在众目睽睽之下。"

"您必须对此作出合理的解释。"

"立刻就给您解释。"

"不。我希望一切在我们之间进行。在离坦帕城三英里远处有一个小树林，斯克斯瑙树林。您知道吗?"

"嗯，我知道它。"

"您能不能明天早上五点钟从树林的一边进去?"

"可以，只要您能在同一时刻从树林的另一边进入。"

"那到时您不会忘了带上您的来复枪吧!"巴比康提醒道。

"就像您不会忘了您的一样啊!"尼切尔回答道。

冷冷地交代完这几句话，大炮俱乐部的主席和船长就同时走开了。巴比康回到他的住所，不过，他没有利用剩下的几个小时来休息，而是整夜都在寻找避免炮弹后座力的方法和解答米歇尔·阿尔当在会上提出的困难。

第十章　法国人怎样摆平纠纷

当主席和船长正在讨论决斗协议时（这种决斗相当可怕、野蛮，双方在决斗中都努力猎杀对方），米歇尔·阿尔当正在休息，以消除胜利之后的疲劳。很明显，"休息"这个表达方式并不恰当，因为美国人的床硬得简直可以和大理石或花岗岩桌面媲美。所以阿尔当睡得相当不踏实，他裹在用作床单的毛巾中，翻来覆去难以入睡，并幻想着以后如何在他的炮弹里放置一个柔软舒适点的床垫；这时候，一阵喧哗声把他从梦想中吵醒。杂乱的敲门声震动着房门。仿佛有人用一件铁器在砸门一样。在一大清早，这为时过早的嘈杂声中夹杂着可怕的叫喊声。

"开门!"有人叫道，"看在上天的面子上，快开门啊!"

阿尔当本来完全可以对这样吵闹的要求置之不理。不过他还是起身开了门，而就在这时，房门眼看就要在顽固的来访者撞击下倒下。大炮俱乐部的秘书闯入房间。就是扔一枚炸弹进来，也不会造成更大的声响。

"昨晚，"马斯顿一进门就嚷嚷道，"我们的主席在众目睽睽下受到了侮辱！他向他的对手下了挑战，而那家伙不是别人正是尼切尔船长！今天早上他们要在斯克斯瑙树林里决斗！这一切可是巴比康亲口告诉我的！他要是被打死了，我们的行动计划就泡汤了！所以必须制止这场决斗！可要制止巴比康，这世上只有一个人能影响他，那个人正是米歇尔·阿尔当！"

马斯顿正如此这般说着时，米歇尔·阿尔当也没心思打断他的话，他匆忙穿上他那条肥大的裤子，不到两分钟的工夫，这两位朋友便撒腿冲向坦帕城郊区。

在迅速奔跑的路上，马斯顿把状况告知了阿尔当。他告诉他巴比康和尼切尔不和的真正原因，这个积怨是怎样的年深日久，在双方朋友们的暗中帮助下，他们为什么一直没有面对面地遇见过；他还说这不过是钢板和炮弹的竞争罢了，而大会上的那一幕，只不过是尼切尔长期以来一直在寻找的发泄他怨恨的机会。

再也没有比这种美国式的决斗更恐怖的了，决斗中双方在矮树丛中相互寻找，躲在荆棘丛里相互窥视，然后在灌木丛里像野兽般相互射击。那时决斗中的每个人肯定很羡慕草原上印第安人那些天生的超人本领，他们的灵敏，他们的机智，他们对蛛丝马迹的敏感以及他们对敌人的嗅觉。一个失误、一次犹豫或走错一步都有可能招致死亡。在这样的决斗中，美国人经常会带上他们的狗，他们既是猎人又是猎物，一连几个小时相互追逐着。

"你们真是一群恶魔！"听他的同伴绘声绘色地描述完这整个场景时，米歇尔·阿尔当大声感言。

"我们就是这样一群人，"马斯顿谦逊地回应道，"不过我们还是要快一点吧。"

他和米歇尔·阿尔当两人疾跑在露水未干的平原上，穿越稻田和小溪，抄最近的小路，然而一切徒劳，他们还是没法在五点半之前到达斯克斯瑙树林，巴比康肯定在半个小时前进入了树林。

一个年老的樵夫正在那儿锯他砍下的树木。马斯顿一边奔过去一边大声问："您有没有看见一个背着步枪的人进去，就是那个巴比康，我们的主席……当然也是我最好的朋友……"

大炮俱乐部这位令人尊敬的秘书天真地以为全世界的人都该认识他的主席。不过那位樵夫似乎没听懂他的话。

"是一位猎人。"于是阿尔当说道。

"一个猎人吗？是的，我见他进去了。"樵夫回答道。

"有多长时间了？"

"大概一个小时吧。"

"太晚了！"马斯顿喊道。

"那您一定听到枪声了吧？"米歇尔·阿尔当又问道。

"真的没有。"

"一声都没听到吗？"

"一声都没有。看样子那个猎人确实什么都没打到！"

"怎么办？"马斯顿说。

"冒着被一颗本不该属于我们的子弹打中的危险进入树林去。"

"啊！"马斯顿果断地说，"我宁可脑袋上挨十颗子弹也不愿巴比康挨一颗子弹。"

"好，继续往前走吧！"阿尔当紧握着他同伴的手说。

几秒钟后，这两位朋友就消失在了树丛中。这是一个相当茂密的灌木林，里面有高大的柏树、无花果树、鹅掌楸树、橄榄树、罗望子树、橡树和木兰树。这些种类繁多的树枝交叉纠缠在一起，使得人的视线无法望到远处。米歇尔·阿尔当和马斯顿两人一前一后地走着，悄悄地踏过深草，从生长旺盛的藤木中开辟出一条道路，用搜寻的眼光在荆棘丛和浓密的树阴下的枝条中搜索着，他们每跨出一步都害怕会听到那可怕的来复枪声。至于巴比康通过时可能留在树林里的足迹，他们根本就没能辨认出来，于是他们只能盲目地在模糊可见的小径上前进着，在这样的路上，只有印第安人才能一步一步地跟随到他的敌人。

在徒劳寻找了一个小时之后，两个伙伴停了下来。他们愈发恐惧了。

"肯定都完了，"马斯顿沮丧地说道，"像巴比康这种人是不会和他的敌人玩花招的，既不会设陷阱，也不会用心计！他这人过于老实和大胆了。他已经径直地走向了危险，一定是那个樵夫离得太远了，枪声传不到他那里！"

"那么我们呢！还有我们呢！"米歇尔·阿尔当说道，"我们进入树林以后，假如真有枪响，我们应该听到的！"

"可假如我们来得太晚了呢！"马斯顿用失望的口气说道。

米歇尔·阿尔当一时找不到什么话来回答他；他和马斯顿继续往前走。他俩时不时地大声呼喊，一会儿叫巴比康，一会儿喊尼切尔，可那两人中没一个回应他们的呼唤。一些小鸟被叫喊声唤醒，急速地飞翔着，接着消失在树丛中，还有几只受惊的鹿慌忙地躲进了树丛里。

在接下来的一个小时时间，他们继续搜索着。大部分的树林已被搜寻过了。没有任何他们存在的现象。不能不让人怀疑那个樵夫的话了，当阿尔当正要放弃继续徒劳的搜寻时，忽然间，马斯顿停下了脚步。

"嘘！不要出声"他说道，"那儿有人！"

"有人吗?"米歇尔·阿尔当应道。

"是的！一个男人！仿佛一动也不动。他的步枪已不在手中了。那他在干吗?"

"可你认识他吗?"米歇尔·阿尔当问道，在这种状况下，他那双极度近视的眼睛就派不上什么用场了。

"我认识，认识，他正转过身来。"马斯顿回答道。

"那不就是……"

"那是尼切尔船长！"

"尼切尔！"米歇尔·阿尔当感到心里猛地一紧，随口叫了出来。

尼切尔放下了他的武器！难道他对他的对手已不再害怕什么了吗?

"到他那儿去，"米歇尔·阿尔当说，"看看究竟是怎么回事。"

可他和他的同伴还没走上五十步，就停下来仔细端详船长。他们本以为会找到一个凶残成性、一心想报仇的人！可一看到他，他俩不由得目瞪口呆。

在两棵高大的鹅掌楸树之间设着一张布满网眼的捕鸟网，在网中间有一只小鸟，翅膀缠在网上，拼命挣扎，发出阵阵哀鸣。设置这个错综复杂鸟网的不是人类，而恰恰是当地独有的一种毒蜘蛛，那种蜘蛛个头有鸽子蛋那么大，长着巨大的爪子。在扑向它的猎物的一刹那，这只可恶的动物却又折身返回，跑到鹅掌楸树枝上寻找庇护去了，因为轮到它受到一个可怕的敌人的威胁了。

原来，尼切尔船长把步枪往地上一放，全然忘却了自己所处的危险，正相当小心翼翼地解救那只落在可怕的蜘蛛网里的受害者。解救成功后，他把那只小鸟往空中一放，后者欢快地扑腾几下翅膀，然后就飞走了。

尼切尔怜爱地看着它消失在树丛中，这时他听到一个感动的声音说道："您真是个善良的人！"

他转身一看。米歇尔·阿尔当止站在他面前，用富有感情的声调又说道："一个令人尊敬的人！"

"米歇尔·阿尔当！"船长大声问道，"先生，您来这儿干什么？"

"尼切尔，我是来看您的，来阻止您杀死巴比康或被他杀死。"

"巴比康！"船长大声嚷道，"我找了他两个小时都没找到他！他躲哪儿去了？"

"尼切尔，"米歇尔·阿尔当说，"这样说就不礼貌了！我们应该永远尊重对手；请保持平静，假如巴比康还活着的话，我们会找到他的，而且同样，假如他没有像您那样一时兴起去解救那些遭难的小鸟，他应该也在找您。不过，我们找到他以后，米歇尔·阿尔当要对您说，你们之间再不能决斗了。"

"在巴比康主席和我之间，"尼切尔一脸严肃地说，"存在着几乎是你死我活的敌对……"

"行了！行了！"米歇尔·阿尔当接着说，"像你们这样务实的人，可能曾经相互憎恨，但如今应互相尊重。你们不要再交战了。"

"先生，我一定要战斗到底！"

"绝对不行！"

"船长，"于是马斯顿很诚恳地说，"我是主席的朋友，他的 altere-go①，另一个他；假如您真的想杀死他的话，那就朝我开枪吧，这将完全是一回事。"

"先生，"尼切尔用痉挛的手紧握着步枪，"您开什么玩笑……"

"马斯顿朋友没开玩笑，"米歇尔·阿尔当回答道，"我理解他想替敬爱的人送死的想法！但他和巴比康都不会倒在尼切尔船长的枪口下的，因为我有一个相当诱人的建议，你们会迫不及待地接受它的。"

"哪一个？"尼切尔将信将疑地问，很明显，他对此不太相信。

"先别急，"阿尔当回答道，"只有巴比康也在场时我才会说出来。"

"那我们就找他去吧。"船长大声说道。

接着这三位男人立即就动身了；船长卸下来复枪的子弹，把枪扛在肩膀上，一句话也没说就大步流星地往前走了。

在接下来的半个小时里，他们的搜寻毫无消息。马斯顿感觉到一种不祥的感觉。他神情严肃地留意着尼切尔，思忖着船长的报复是不是已经得逞，可怜的巴比康是不是已经中了一枪，躺在血迹斑斑的灌木丛深处，已经气绝了。米歇尔·阿尔当仿佛也有同感，所以两人已经在用目光询问尼切尔船长了，忽然马斯顿停了下来。

他们看见离他们二十步远的地方，有一个男人倚靠在一棵高大的美国木豆树上，上身一动不动，下半身掩藏在草丛里。

"就是他！"马斯顿喊道。

巴比康没有动。阿尔当把目光投向尼切尔船长的眼睛，可后者也一动不动。阿尔当往前走了几步，喊道："巴比康！巴比康！"

没有任何反应。阿尔当冲向他的朋友；然而，正当他要抓住他胳膊时，他忽然间停了下来，惊喜地叫了起来。

巴比康一手拿着铅笔，在一个本子上画着一些公式和几何图形，而他的未装子弹的步枪却扔在了地上。

这位科学家忘了他的决斗和复仇，正全神贯注地做着他的工作，对其

---

① 拉丁语，意为"第二个我，密友"等。

他的东西不闻不问。

可当米歇尔·阿尔当把手放在他的手上时，他抬起头，用惊讶的眼光望着对方。

"啊！"他终于大声叫道，"是你呀！你在这里啊！我的朋友啊！我找到了！"

"找到什么了？"

"我的方法！"

"什么办法？"

"避免发射炮弹时后座力作用的办法！"

"真的？"米歇尔用眼角瞥着船长，问道。

"真的！用水！一般的水就可以具有弹性……啊！马斯顿！"巴比康惊喜地叫道，"您也在啊！"

"正是他本人，"米歇尔·阿尔当回答道，"同时也让我给你介绍一下尊敬的尼切尔船长！"

"尼切尔！"巴比康霍地站了起来，失口喊道。"对不起，船长，"他说道，"我给搞忘了……我如今准备好了……"

米歇尔·阿尔当立即插了进来，不给两个敌人互相质问的机会。

"很明显啰！"他说道，"所幸的是你们这两个务实的人刚才没碰面！要不然，我们如今只能要么为这位要么为那位而痛哭流涕了。不过，幸亏有上帝帮忙，如今没什么好害怕的了。假如一个人可以忘却他的怨恨，却专心于力学问题或逗蜘蛛玩时，那么这个怨恨对任何人来说，都是没有任何危险的。"

于是米歇尔·阿尔当把船长的故事讲给主席听了。

"有件事要问你们，"故事快讲完时他问道，"你们这样的好人之所以出生，难道就是为了互相用马枪打破对方脑袋吗？"

当时的情景显得有点可笑，有些事情是这样的出人意料，以至于巴比康和尼切尔面面相觑，不知所措。米歇尔·阿尔当明显地感到了这点，于是他决定赶紧促使他俩和解。

"务实的朋友们，"他的嘴角露出最迷人的微笑说，"在你们之间只有那么一点小误会。没别的什么事。那么！为了说明你们之间的一切怨恨都已经消除，还有，既然你们都是些愿冒生命危险的人，那么请坦然地接受我要提出的建议吧。"

"那你说吧。"尼切尔说。

"巴比康老友认为他的炮弹会径直飞向月球。"

"对，没有任何问题。"主席回复道。

"而尼切尔老友固执认为炮弹将最终落到地球上。"

"我对此相当肯定。"船长也大声地说。

"那好！"米歇尔·阿尔当接着说，"我并不想说服你俩意见一致；我只想跟你们说：和我一起出发去月球，去看看我们是不是会停留在半路上。"

"嗯！"马斯顿惊叫道。

两位决斗者听到这个突如其来的提议，抬起头来你看着我，我看着你。两人都很留意地观察着对方的反应。巴比康等着船长的答复。尼切尔却等候着主席发话。

"怎么样啊？"米歇尔用最动听的话语问道，"反正已经不用担心会有后座力了！"

"赞成！"巴比康大声说。

虽然他以相当快的速度说出这个词，尼切尔还是在同一时间说完了同样的词。

"哇！太好了！好哇！哎呀呀！"米歇尔向两位决斗者伸出双手大声喝彩道，"朋友们，如今事情已得到了解决，请允许我以法国方式来招待你们。走，吃饭去吧！"

第十一章　美国新公民

当天，尼切尔船长和巴比康主席之间的故事以及它那奇特的结局马上传遍了整个美国。那位富有骑士风度的欧洲人在这场会面中出演的角色，他那解决难题时提出的出人意料的倡议，两位决斗者对此一致的接受，法国和美国将齐心协力共同征服月球陆地的决心，所有这一切再次坚定了米歇尔·阿尔当的决心。

大家都清楚，美国人对个人崇拜的发展到了怎样火热的地步。在正经的法官会扑到舞女的人力车旁，洋洋得意帮她拉车的国家里，我们不妨想象一下这位大胆的法国人引起了多大的热情！假如说人们没替他的马卸套，那极有可能是他没有马，可其他所有狂热的表示都不遗余力地用上了。没有一个公民不一心一意地追随着他！正如美国的箴言所说，简直是"众望所归"。

从那天起，米歇尔·阿尔当再也没有片刻时间休息。一批批来自美国各地的代表团无休止地打扰着他。他不管同意还是不同意，都得接待他们。不停地握手，不计其数的人用"你"亲密地称呼他；他很快就筋疲力尽；无数次的演说使他的嗓音变哑，从他的嘴唇里冒出来的只是一些听不懂的声音而已，而且，由于他不得不向合众国各个区的代表敬酒，还差点患上肠胃炎。假如换成他人，肯定从一升始便陶醉在如此辉煌的成就里了，可他却知道抑制自己，保持着可爱的精神焕发的半醉状态。

在纠缠他的形形色色代表团之中，有一个"月球人"[①] 代表团没有忘记它对这位未来的月球征服者应尽的义务。在美国，这样的可怜虫还数量众多，有一天，他们中间的几个人找到他并要求和他一起返回他们的月球故乡。他们中间的某些人还声称会讲"月球语"，并赞成把它教授给米歇尔·阿尔当。阿尔当耐心地强忍着他们那天真无邪的狂热，还承诺给他们的月球朋友捎口信。

"多么怪诞的精神病！"送走他们以后，他转身对巴比康说道，"其实精神病经常垂青于那些智力极高的人。我们最伟大的科学家之一，阿拉戈以前一直对我说，许多在思想上相当小心、明智的人每当专心于月球研究时，往往很容易产生狂热情绪和不可理喻的疯狂。你不相信月球对疾病的影响吗？"

"不怎么信。"大炮俱乐部的主席回答道。

---

①　原文为"lunatique"，即受月球影响的精神病者、癫痫病者。

"我对此也不怎么相信，不过，历史记载了一些至少是令人惊讶的事实。譬如，1693 年，在一次流行病中，人数死的最多的是一月一日月食那一刻。那位名人培根总在月食时晕过去，在月球完全再现时才苏醒。查理六世国王在 1399 年发作了六次狂病，不是在新月就是在满月时。有些医生把癫痫病也划入受月相影响的疾病之中。那些神经官能病似乎也受到月球的影响。梅德曾说起过一个小孩，一到月背时就会痉挛抽搐。伽尔也指出，身体虚弱的人的狂热情绪每月要发作两次，即在新月和满月时。总体而言，还存在着上千种各种眩晕、恶热症、梦游的例子，它们都可以说明月球对地球上的一些疾病有着神奇的影响力。"

"可如何影响呢？为什么呢？"巴比康问道。

"为什么？"阿尔当重复道。"我的天哪，我的回答和阿拉戈没什么两样，他当时借用的是在他十九个世纪前的普鲁塔克的一句话：'可能这本来就不存在那回事！'"

在成功之时，米歇尔·阿尔当也没法避免作为一位名人而不得不面对的一些苦差。那些成功企业家想拿他当招牌。巴纳姆给他一百万，让他从美国的一个城市游行到另一个城市，想把他像稀有动物一样到处展览。米歇尔·阿尔当把他看作是一个阿谀奉承之徒，把他打发走了。

虽然他拒绝满足公众的好奇心，但他的肖像还是在全世界满天飞，并在所有的照相簿里占据了最显要的位置；人们把它拍成大小不一的照片，有他本人那么大的，也有缩小到邮票那么小的。人人都拥有一张他心目中英雄不同姿势的照片，有头像、上身像、全身像、正面像、侧面像、侧身像或背影像。人们印发了一百五十多万张照片，这可是他把身上的东西当纪念物出售的大好时机，可他却没有从中获利。即便只以一美元一根的价格卖头发，他还有足够多的头发让他发财呢！

可话说又回来，他自己也并不讨厌人们这样推崇他。相反，他开始顺从公众的意愿，并开始和全世界交流了。他的俏皮话被人们重复着、传播着，特别是那些他本人根本没讲过的话。人们认为那肯定是从他口中讲出来的，因为他在这方面很在行。

不但男人们，女人们也拥护他。要是他有"成家立业"的念头，他该成就了多少"美好婚姻"啊！特别是那些对男人的心愿已干渴了四十年的老小姐，更是整日整夜地对着他的照片做着幻想。

可以断定，即便提出要跟从他去太空的条件，他还是可以找得到成百成百的妻子。女人们一旦豁出去，是什么都不管的。不过他可不想去月球上传宗接代，把法国和美国的杂交人种移植到那儿。所以，他一律予以回绝。

"去那儿担任爱娃女儿的'亚当'的角色，"他说道，"多谢了！我只要碰到蛇！……"

当他终于从那些千篇一律的成功庆贺中得以脱身的时候，在朋友们的陪伴下，他去游览了哥伦比亚大炮。这是他应该做的事。除此之外，自从他和巴比康、马斯顿以及其他科学家生活在一起以来，他对弹道学变得相当精通了。他最大的乐趣就在于一遍又一遍地告诉这些务实的制炮专家，说他们只不过是些博学而可爱的杀人专家而已。他在这方面的玩笑层出不穷。游览哥伦比亚大炮那天，他对它赞不绝口，而且还一直下到了这门即将把他发射到月球上去的巨大迫击炮的炮筒底部。

"至少，"他对众人说道，"这尊大炮对所有人都没有害处，对于大炮来说已是相当令人惊讶。至于你们那些专搞毁坏、放火、轰击和杀人的大炮，你们可别跟我提及，特别不要跟我说它们也有'灵魂'①，我才不信呢。"

讲到这里还得提一提马斯顿的一项要求。当大炮俱乐部的秘书听到巴比康和尼切尔接受米歇尔·阿尔当的建议时，他当即就决定加入到他们的队伍中，做一个"四人同游"。一天，他提出要同行。巴比康很遗憾地拒绝了他，告诉他炮弹带不了这么多乘客。马斯顿为此相当失望，转而找米歇尔·阿尔当，后者请他放弃这个念头，并列出了几条"击中要害"的理由。

"老兄，你瞧瞧，"他劝道，"你可千万别曲解我的话。我说实话，我俩私下说说，你的身体要现身于月球实在是太不完整了！"

"不完整！"勇敢的残疾人大声说道。

"对！务实的朋友！想像一下，万一我们在那里碰到月球居民。你赞

---

① 法语"ame"既有"灵魂"也有"炮筒"的意思，在这里为双关语。

成给他们对发生在我们这里的事情留下一个不好的印象，告诉他们什么是战争，我们是怎样把最美好的时光用在你吞我、我吃你，你折我的胳膊、我断你的腿……而这一切就发生在可以养活一千亿人却只有十二亿人的地球上吗？算了吧，尊敬的朋友，你会让我们被驱逐出月球的！"

"可假如你们也粉身碎骨掉落到月球上，"马斯顿驳斥道，"你们也将跟我一样的不完整了？！"

"大概吧，"米歇尔·阿尔当回答道，"但我们不会摔成碎片！"

实际上，10 月 18 日的一次预射试验已给出了最好的答案，并让人产生了最合乎逻辑的期望。巴比康想了解一下发射炮弹时后座力的作用，就让人从彭萨科拉军工厂运来了一尊三十二英寸①的迫击炮。他们把它安置在希尔斯巴勒港湾的海岸上，使炮弹最后掉到海里，减弱下落的冲力。试验目的只在于预测它发射时的震动而非落下时的撞击力度。于是，为了这个奇怪的试验，人们小心翼翼地准备了一枚空心炮弹。他们在用最好的钢材做成的弹簧网上又包上了厚厚一层垫子，这样就使得炮壁有了双层保护。这简直就是一个精心布置的鸟巢。

"要能坐进这枚炮弹里该是多么好啊！"马斯顿不无遗憾地说，他感慨自己身体怎么这么大，害得自己没法随着炮弹一起冒险。

这颗迷人的炮弹由一个螺丝拧紧的盖子合起来，人们先放进去一只肥猫，然后把大炮俱乐部常任秘书养的一只松鼠也放了进去，马斯顿特别喜爱它。可人们很想知道这个不怕晕车的小动物在这次试验旅行中会有怎样的反应。

迫击炮里装了一百六十磅火药，炮弹放进了炮膛里，开炮了。

瞬间，炮弹飞速地往上冲，庄严地划出一条抛物线，上升到了约一千英尺的高度，然后顺着一条优美的弧线，落入到了波浪之中。

一条小船当机立断，立即朝着它掉落点划去；身手敏捷的潜水员随即潜入水底，用缆线系紧炮弹，炮弹马上就被拖到了船上。从那两只动物被关进炮弹到人们揭开它们的牢狱之门，这之间还不到五分钟时间。

---

① 一英寸约零点七五厘米。

阿尔当、巴比康、马斯顿、尼切尔都在小船上，人们自然很容易理解他们参与这个试验的心情。炮弹门一打开，那只猫就蹿了出来，虽然受了一点轻伤，但还是精神饱满，一点没有刚做了航空旅行的样子。可他们却没有看见那只松鼠。人们寻找着，毫无迹象。看样子得弄清真相，原来是那只猫把它的旅行伴侣给吃了。

失去了他可怜的小松鼠，马斯顿伤心不已，他决定把它记入到科学殉难史里。

虽然发生了这件不愉快的事情，经过这次试验，所有的疑虑、害怕也都烟消云散了；何况巴比康的方案肯定可以把炮弹造得更加完美，几乎可以把后座力的作用降到零。所以，万事俱备，只欠东风了。

两天之后，米歇尔·阿尔当收到了美利坚合众国总统的一封短信，他对这个荣誉显得尤为兴奋。参照他那位富有骑士风度的同胞——拉斐特的例子，政府授予他美利坚合众国公民的称号。

第十二章　炮弹车厢

伟大的哥伦比亚大炮铸造工作完成之后，公众的兴趣又立即转向炮弹，即这个注定要把三位大胆的冒险者运到空间的交通工具。谁也没有忘记，米歇尔·阿尔当曾在他9月30日的电报里，要求对委员会成员决定的图样进行修改。

巴比康主席原先以为炮弹的外观不是很重要，他这样想自有他的道理，因为，几秒钟内穿越大气层之后，接下来的旅程将在完全真空里进行。委员会为此才决定用圆形，这样炮弹就可以随心所欲地自转。可自从人们把它当作交通工具以来，那就另当别论了。米歇尔·阿尔当倒不害怕旅途中会碰到松鼠那样的遭遇；他希望上升时能头上脚下，就像坐在气球吊篮里那样有尊严，很明显速度要更快一些，不过可不要一连串地翻跟斗，那样太不成体统了。

于是新的图纸被送到奥尔巴尼的雷布德维尔公司，并要求能尽快造出来。被修改过的炮弹，于11月2日铸造完毕之后，立即通过东方铁路运送到了乱石岗。10日，它完好无损地抵达目的地。米歇尔·阿尔当、巴比康和尼切尔焦急万分地等待着这个"炮弹车厢"，他们三人将乘坐这个旅行车飞到太空去发现一个新大陆。

应该说，那真是一个美妙的金属制品，一件给美国人的工业才能带来无比荣耀的冶金产品。人们还是第一次提炼出这么多的铝，这可被视为是一个奇迹。这枚珍贵的炮弹在阳光下闪闪发光。看到它顶着一顶圆锥形帽子气势凌人的模样，人们不由得把它当作是像胡椒瓶那样坚固的塔楼，中世纪的建筑师们往往把这种塔楼安置在城堡边角上，只不过缺少了几个枪眼和风信标罢了。

"我以为会从这里面走出一个手持火枪、身着铁甲的士兵呢。"米歇尔·阿尔当大声说道，"我们将像封建时代的诸侯一样坐在里面，假如有火炮的话，我们还可以抗击所有的月球军队，要是月球有军队的话！"

"这样说来，你喜欢这个交通工具了？"巴比康问他的朋友。

"喜欢！很明显喜欢！"米歇尔·阿尔当用艺术家的眼光审视着它说，"唯一不足的是，它的外形还不够苗条，它的尖角不够优美；要是能在上面再装一个水纹形的金属丝做的羽饰，譬如，安一个吐火兽、一个宽嘴怪兽、一条拍着翅膀张着血盆大口的火蛇该多好……"

"那有什么用？"巴比康说道，他那讲求实际的头脑对艺术美毫无感觉。

"有什么用？巴比康老兄！哎呀！既然你问得出来，恐怕你是永远也理解不了的。"

"说说看总可以吧，务实的朋友。"

"那好吧！在我看来，我们应该在制作的东西里加上一点艺术，这样会更好些。你知道那个被称为'婴儿推车'的印度戏吗？"

"连名字都没听说过。"巴比康回答道。

"这我倒不觉得奇怪，"米歇尔·阿尔当接着说，"那你不妨听一听，在这出戏里，有一个小偷，在他挖一所房子的墙洞时，琢磨着到底是挖一个竖琴形的、花朵形的、小鸟形的还是古坛形的墙洞。那么，巴比康老兄，你告诉我，假如你是陪审团成员的话，你会不会判这个小偷的罪？"

大炮俱乐部的主席回答道："毫不迟疑地判他破坏墙壁偷窃罪。"

"而假如是我，会判他无罪释放，巴比康老兄！这就是为什么你永远无法理解我的原因！"

"我甚至不打算理解你，勇敢的艺术家。"

"可至少，"米歇尔·阿尔当继续说，"既然我们的炮弹车的外形美中不足，那总得允许我按我的意愿，用与'地球大使'身份相称的一切豪华来布置它的内部吧！"

"关于这一点，务实的米歇尔，"巴比康回答道，"你可以随心所欲地去做，我们让你自由行动。"

大炮俱乐部的主席在想到美观之前，首先想到的是实用，他发明的减少后座力作用的装置已被很巧妙地安装上了。巴比康不无道理地认为，没有一个弹簧足以减少冲击力，所以，当他在斯克斯瑙树林进行那次有名的散步时，他终于巧妙地想出了一个解决这个大难题的方法。他打算用水来完成这个任务，以下是他的方法。

炮弹里得装满三英尺深的水，水面上浮着一个绝不漏水的圆形木板，它一直紧贴着炮弹内壁、轻轻上下晃动。旅客们的位置就设在这个"木筏"上。至于那大量的水，它们被一些平放的隔板隔开，在炮弹发射时，这些隔板会被冲击力一层接着一层地撞碎。每一层水，从最底层到最高那一层，通过一根根水管冲向炮弹的上部，这样就起到了弹簧的作用，而那个圆形木板，本身也装有一些功率超强的弹簧，只有在各个横板被层层冲破之后，才碰撞到弹簧底部。很明显，大量的水全部冲出去之后，乘客还是会感觉到一阵强大的反冲力，但那最初的冲击力应该差不多都已被那大功率的弹簧所消耗。

的确，假如水面面积为五十四平方英尺，那么三英尺深的水该有一万一千五百磅重；不过，按照巴比康的估计，哥伦比亚大炮里聚集的气体膨胀足以撑起这个另外增加的重量；而且，撞击会在一秒钟不到的瞬间就释放出所有的水，那么炮弹即刻就恢复了它的正常重力。

这些就是大炮俱乐部主席所考虑的事情，这就是他想到的解决后座力这个严重问题的方法。除此之外，雷布德维尔公司的那些工程师很准确地领会、很出色地贯彻执行了这项工作；水一旦被冲到外面，乘客们就能很容易地清除那些击成碎片的隔板，并拆除一开始就支撑着他们的可以活动的圆形木板。

至于炮弹上部的弹壁，它们由一层厚厚的皮垫子给裹了起来，这层垫子安装在由最好材质做成的、像手表发条一样柔软的钢弹簧上。排水管就隐藏在这层垫子里面，一点都看不出来。

一切可以想到的用于减少最初反冲力的防范措施都已经被采用。假如说还会被撞扁的话，按米歇尔·阿尔当的话说，那人应该是"身体结构不正常"。

这枚炮弹宽九英尺，高十二英尺。为了不超过规定的重量，人们稍微减少了它外壁的厚度，增加了内壁的厚度，因为内壁得承受低氮硝化纤维素燃烧时产生的气体冲击。其实在炸弹和圆锥形榴弹炮内部也是一回事，它们的内壁总是比较厚。

要进入这个金属塔，就得从一个狭小的洞口钻进去，这个洞口设在锥形弹头上，和蒸汽锅炉上的洞口一样大小。一合上用铝板做的门，再从里面拧紧结实的翼形螺钉，洞口就严严实实地关闭了。这样，里面的乘客们一到达月球，就可以自由地走出他们的活动监狱。

不过，光去月球是不够的，路上还要观看呢。没比这更简单的了。实际上，在垫子下面还有四个装有厚凸透镜的舷窗，其中两个开在炮弹的周围，第三个在炮弹底部，还有第四个在圆顶上。这样，乘客们在旅途中，可以同时观看逐渐远去的地球、愈来愈接近的月球以及挂在天空中的各个天体。只是，为了保护凸透镜不受发射时的冲击，人们在舷窗外面又装了一层坚实的金属护窗板，只要轻轻一拧内部的螺丝帽，那块金属板就会脱落。这样，炮弹的空气就不会泄漏出去，乘客们才有可能观看外景。

所有这些精心装备的机件，操作起来相当方便，工程师在配置炮弹车厢时同样表现出惊人的智慧。

几只固定在里面的容器用来放置三位乘客必需的水和粮食；他们甚至还可以通过压缩煤气来获得火和光，这些煤气被压缩在一个备有好几个气压的特制容器里。只消拧开龙头，这些煤气就能在六天时间里照亮和暖和这个舒适的旅行车。大家都看到了，那些维持生活甚至是舒适生活的东西可一样都不少。另外，多亏了米歇尔·阿尔当的才能，舒适和实用以艺术品的形式结合在了一起；若不是空间太小，他早就把他的炮弹布置成一个艺术家的工作室了。不过，假如认为这三人在金属塔里会太拥挤的话，那就错了。它差不多有五十四平方英尺那么大，十米那么高，这足以赋予它的客人一定的行动自由。他们在美国最舒适的车厢里都不会感到如此自如呢。

粮食和照明问题得到了解决，剩下的就是空气问题。显而易见，炮弹里的空气是不够乘客呼吸四天的；实际上，每个人在一个小时内要消耗一百升空气里的所有氧气。巴比康和他的两位同伴，还有他打算携带的两条狗，在二十四小时内，要消耗两千四百升氧气，用重量表示的话，将近七磅氧气。所以必须更新炮弹里的空气，怎么换？很简单，用赖泽和勒尼奥两位先生的方法，这一点米歇尔·阿尔当已经在大会讨论时提及过。

我们知道，空气主要含有百分之二十一的氧气和百分之七十九的氮气，那么，在呼吸的过程中发生了什么状况呢？一个很普通的现象，人把维持生命必需的氧气吸进去，把氮气原封不动地呼出来。呼出的空气丧失了大约百分之五的氧气，又增加了体积大致相同的碳酸气，这种气体是血素氧化以后的必然产物。所以可以得出这样的结论，即在一个封闭的地方，过了一段时间，空气中所有的氧气会被对人体有害的碳酸气所取代。

这个问题可以简化成以下几点：在氮气原封不动的状况下，那么：1. 再造被吸进的氧气；2. 破坏呼出的碳酸气。没有比用氯酸钾和苛性钾更方便的了。

氯酸钾是一种白色结晶形态的盐；当人们把它置于四百度的高温上时，它就会转化成氯化钾，释放出它含有的全部氧气。十八磅氯酸钾产生七磅氧气，那正是二十四小时内乘客们必需的氧气量。氧气就是这样再造的。

至于苛性钾，那是一种对混入空气里的碳酸气吸性很强的物质，所以只需晃动一下它，就能吸收碳酸气，把它转变成碳酸钾。碳酸气就是这样被吸收的。

结合这两种方法，就肯定能把污浊的空气变得很清爽。这就是赖泽和勒尼奥两位化学家成功试验出来的方法。不过，必须说清楚的是，直到那时为止，这些只在动物身上试验过。不管它在科学上达到了多么精确的程度，人们根本还不了解，人类又会是如何承受。

这就是探讨这个重大问题的会议所得出的意见。米歇尔·阿尔当不想别人对借助人造空气而生活的可能性有所怀疑，于是建议在出发以前做一次试验。不过，马斯顿强烈要求获得感受这个试验的荣誉。

"既然我不能去月球，"这位务实的火炮手说，"那么我在炮弹住上一个礼拜总可以吧。"

假如拒绝他的话未免太不人道了。于是大家就满足了他的心愿。给他足量的氯酸钾、苛性钾和够他一个礼拜的粮食；然后，11 月 12 日早上六点，他和朋友们握了握手，在再三叮嘱他们不要在 20 日之前打开监狱门之后，他钻进炮弹，接着门被紧紧合上了。这八天时间里会发生些什么呢？根本无法得知。炮弹厚厚的弹壁使得外面无法听到里面的任何声音。

11 月 20 日六点整，铝板门打开了；马斯顿的朋友们不由得一阵紧张。不过当他们听到一个快乐的声音大叫着"乌拉"时，马上就放下心来。

很快，大炮俱乐部的秘书就以胜利者的姿态出现在炮弹锥形尖顶，他长胖了！

第十三章　落基山的望远镜

一年前的 10 月 20 日募捐活动之后，大炮俱乐部的主席就把几笔金额拨给了剑桥天文台，用来建造一架巨大的光学仪器。这个仪器，不管是折射望远镜还是反射望远镜，它的功率应该大到能够看清楚月球表面九英尺大的物体。

折射望远镜和反射望远镜之间有着一个很重要的区别，有必要回顾一下这一区别。折射望远镜由一个镜筒组成，这个镜筒的上端有一个被称作物镜的凸透镜，下端有一个名为目镜的透镜，观察者的眼睛贴着目镜观看。发光体发出的光线穿过第一个凸透镜，然后在折射作用下，在焦点（即光线经过折射后会聚成的那个点）上形成了一个倒像。人们通过目镜来观看这个物像，目镜像放大镜一样把它准确地放大。所以，折射望远镜的镜筒的每一端分别由物镜和目镜封住。

相反，反射望远镜镜筒的上端是敞开的。被观察物体发出的光线畅通无阻地进入镜筒上端，然后照在一面金属凹面镜上，亦即会聚透镜。光线从那里反射到一面小镜子上，再由小镜子反射到把物像放大的目镜上。

在折射望远镜里，折射发挥了主要作用，而在反射望远镜里，则是反射。据此，前者才被称为"折射望远镜"，而后者则被称为"反射望远镜"。制造这两个光学仪器的唯一难题就在于造物镜，即凸透镜或金属凹面镜。

然而，在大炮俱乐部进行它伟大试验时期，这些仪器已经相当精密，并有很好的观察效果。伽利略用他那架可怜的最多能放大七倍的望远镜观察天体的时代，早已过去。自16世纪以来，光学仪器大幅度地不断加大、加长，使得人们可以测到恒星世界里未曾触及的深度。在当时使用的折射望远镜里，有俄罗斯的普勒科瓦天文台望远镜，它的物镜长十五英寸，宽约三十八厘米，它当时价值为八万卢布，合三十二万法郎；法国光学家勒尔布尔的望远镜也配备有和前者差不多大的物镜，最后还有剑桥天文台的望远镜，它装备有一个直径为十九英寸的物镜。

在反射望远镜里，我们知道的有两架功率强大、体型巨大的望远镜。第一架由赫显尔制造，长三十六英尺，并配有一个宽四英尺半的反射镜；它可以把物体放大到六千倍。第二架在爱尔兰比勒卡斯尔的帕森斯顿公园拔地而起，属于罗尔勋爵。它的镜筒长四十八英尺，反光镜宽六英尺（约一点九三米。我们经常听人说起还有更长的望远镜，其中有一架焦距达三百英尺，是巴黎天文台的多米尼克·卡西尼精心制造的；不过要知道这些望远镜都没有镜筒。它们的物镜是用吊杆悬挂在空中的，而观察者本人则手里拿着目镜，尽可能准确地站到物镜的焦点上。可想而知，这些仪器当时使用起来是多么的不方便，要对准在那种条件下放置的两个透镜的中心是多么的困难）；它可以把物体放大六千四百倍，要放置这架重达两万八千磅的望远镜的那些操作仪器，得砌造一间巨大的房子才行。

然而，有目共睹的是，虽然这些望远镜体型巨大，但它们的放大倍率也不超过六千倍；可一架能放大六千倍的望远镜只能把距月球的距离缩减到三十九英里，这样只能观察到直径为六十英尺的物体，除非物体本身相当长。

可如今，放到太空的却是一枚宽九英尺、长十五英尺的炮弹；这样至少得把距月球的距离减小到五英里，要做到这一点，就得制造出放大率为四万八千倍的望远镜。

这就是剑桥天文台面临的难题。在财政上，天文台没有碰到任何问题，剩下的只是物质方面的困难。

第一，必须在反射望远镜和折射望远镜中选择一种。折射望远镜比反射望远镜更为出色一些。同样的物镜，它的放大倍数就要大得多，因为光线穿过凸镜时会被吸收，穿过金属反光镜时会被反射，而前者造成的损失要比后者小。不过，凸透镜的厚度有限，因为假如过厚，光线就不能穿透。而且，要制造这样巨大的透镜是极为困难，并需要很长的一段时间，往往要好几年。

然而，虽然折射望远镜在观察月球这个反光体时具有不可估量的优势，但是物体图像在折射望远镜显得更亮些，人们还是决定使用反射望远镜，因为它的制造可以在比较短时间内完成，而且它可以增加放大倍数。只是，在穿过大气层时，光线的强度会损失很大一部分，所以大炮俱乐部决定把仪器安装在美国最高的山上，这样可以减少空气层的厚度。

我们已经提及过，反射望远镜有一个目镜，亦即放在观察者眼睛下面的放大镜，是用来制造放大倍数的，还有一个物镜，支持倍数最多的物镜是那种直径最大、焦距最长的物镜。要放大四万八千倍，必须大大超越赫显耳和罗尔勋爵的物镜。这就是困难所在，因为铸造这些反光镜是一项相当细致的工程。

幸好几年以前，法国科学院的一位科学家莱昂·富科发明了一种方法，他用镀银的反光镜代替金属反光镜，这使得物镜制造又快又容易。只要先浇铸所需尺寸大小的一块玻璃，然后再镀银。这种方法取得了明显的效果，于是它被应用于本次物镜的制造。

此外，人们按照赫显耳设想的方法来安置物镜，在天文学家斯劳的巨大望远镜的镜筒底部装了一个倾斜的反光镜，物体的图像先经过这个反光镜的反射，然后传给镜筒另一端的目镜。这样，观察者无须再站在镜筒下面，而是爬到镜筒顶端，在那里，他就可以用他的放大镜，把目光投入那个巨大的圆锥体镜筒里面。这种组合的好处在于可以撤掉那个用于把图像反射到目镜上的小反射镜。目镜看到的图像不再经过两次反射，而只经过了一次反射。所以，损失的光线就会少些，图像也会更清晰些。这样，最终，人们看到的物体会更明亮些，这对于天文观察来说，是一个难得的长处。

这些难题一一得到了解决之后，制造工作拉开了序幕。按照剑桥天文台的计算，新型反射镜的镜筒的长度应为两百八十英尺，反射镜直径应为十六英尺。这样一架仪器虽然很大，那也不能和天文学家霍克设想的望远镜相比，他于几年前提出制造一架一万英尺长的望远镜。不过，要造那样的一架望远镜，可谓困难重重。

至于望远镜放在哪儿，这个问题立即就有了答案。只要选一座高山，不过美国的高山却是寥寥无几。

这个广袤的国度其实只有两条不高的山脉，它们中间流淌着美丽的密西西比河，假如美国人允许有个什么王国的话，他们就会赋予它"河流之王"的美誉。

东边有一条阿巴拉契山脉，其中最高的山峰位于新罕布什尔州，高度还不到五千六百英尺，这点高度未免有点太寒酸了。

相反，西边的落基山脉却是一条连绵不断的山脉，它南自麦哲伦海峡，沿着南美西海岸延伸，在那里它被称作安第斯山脉或科迪勒拉山脉，然后穿过巴拿马地峡，经过北美一直延伸到北冰洋的海岸。

这些山脉都不很高，以至于阿尔卑斯山和喜马拉雅山无比轻蔑地从高处俯视着它们。的确，它们最高的山脉也就一万零七百零一英尺，而勃朗峰却高达一万四千四百三十九英尺，喜马拉雅山最高的顶峰珠穆朗玛峰的海拔为两万六千七百七十六英尺。

　　不过，既然大炮俱乐部固执地要把望远镜和哥伦比亚大炮建在合众国境内，所以就只能选落基山脉了，于是，一切必须材料都运送到了密苏里州的朗峰上。

　　要想描述美国工程师面临的种种难题，他们在工作中体现的非同寻常的勇气和机智，恐怕非言语或笔墨所能表达。那可真是名副其实的举动。他们越过荒芜的草原，穿过难以进入的深林，蹚过可怕的急流，深入人类几乎无法生存的荒野地带，远离人烟，把一块块巨石、沉重的锻铁和角铁、巨大的镜筒零件以及重约三万磅的物镜搬到一万多英尺高的常年积雪的山顶。尽管如此，但美国人的天才特性还是战胜了这数以千计的重重障碍。

　　开始制造望远镜还不到一年，在9月下旬，这架巨大望远镜的两百八十英尺高的镜筒就傲然耸立在半空中了。它挂在一个高的铁架上，精密的机械装备使得控制起来很方便，它可以瞄准天空中任何方向，随着星体的方位移动而转动。

　　这架望远镜价值超过四十万美元。当它首次对准月球时，观察者的心情是既好奇又紧张。在这架可以把物体放大四万八千倍的望远镜视域内，他们会发现些什么呢？居民？一群群月球动物？许多城市？湖泊或海洋？什么都不是，除了科学界已经了解的东西，没有什么新发现，而且在月面上的每一处地方都正确无疑地证实了月球的火山性质。

　　不过，在给大炮俱乐部提供服务之前，落基山上的那架望远镜已为天文学出了不少力。由于它有很强的穿透力，太空中的最深处也被探测到了，众多星星的直径得到了精确测量，而且，剑桥天文台的克拉克先生还把巨蟹座①从金牛座里分离出来，这是罗尔勋爵的反射镜永远也不可能办到的事。

第十四章　最后的准备

　　11月22日，离最后发射最多还有十天。只剩下一项工作还需圆满完

——————————

　　①　指呈现出巨蟹形状的星云。

成，那是一项棘手的、危险的工作，并要求人们格外小心，尼切尔船长曾认定它是不可能成功的，曾为此押下了他第三份赌注。其实，那项工作就在于把四十万磅的火棉塞入哥伦比亚大炮。尼切尔曾经认为，说不定他的想法是对的，放置这么多数量的低氮硝化纤维素可能会引起严重的后果，不管怎么说，在炮弹压力下，这堆易燃品很可能自燃。

而且，美国人的粗心和轻率也增加了严重危险的可能性。在南北战争期间，他们一边嘴里叼着香烟，一边无所顾忌地装着弹药。可巴比康一心想成功，不愿功败垂成；于是他挑选了一批最优秀的工人，让他们在他眼皮底下干活，他的目光一刻也不离开他们，由于谨慎的工作和各种提防措施，他抓住了一切成功的机遇。

第一，他避免把所有的火药一下子运进乱石岗的围栏里。他让人把火药装进封得严严实实的弹药车里，一批一批地运进来。彭萨科拉最熟练的弹药装配工人小心翼翼地把四十万磅低氮硝化纤维素分别装入五百磅桶里，共计八百桶。每辆弹药车可以装十桶，它们一辆接着一辆，由坦帕城的铁路抵达乱石岗；这样，乱石岗围栏里面的火药从来不超过五千磅。弹药车一到，工人们就赤着脚卸车里的火药，然后用人力操作的起重机，把每一桶火药送入哥伦比亚大炮炮口。任何一个蒸汽机都被搬离施工现场，方圆两英里内见不到一点火星。虽然时值 11 月，但要让这么大批的火棉不受太阳光热的影响，还是很艰难的。所以，人们宁可在夜间工作，用在真空里制造的光来照明，并借助鲁姆科尔夫的设备，制造了一个人造白天，甚至还照亮了哥伦比亚大炮的底部，一桶桶的火药整整齐齐地排列着，它们之间用一根金属丝串了起来，这根金属丝的作用在于可以在同一时间把电花传到各个弹药桶的中心。

是的，的确是用电池来点燃这堆火棉的。这些金属丝全部用绝缘材料包起来，在与炮弹保持一样高度的一个狭小洞口处会集在一起，形成一条电路，然后穿过厚厚的铸铁炮壁，通过事先准备的石头护壁间的洞孔上升到地面。一旦到达乱石岗山顶，它们就被排成两英里长的电线杆连起来，最后通过断路器接到一个本生灯的强力电池上。所以，只要用手指按一下断路器的按钮，立即就会产生电流，并且马上就点燃了四十万磅火棉。自然，电池只会在最后时刻才开始运作。

11 月 28 日，八百个弹药桶全部被摆放在了哥伦比亚大炮底部。这项工作圆满完成了。不过，期间巴比康又经历了怎样的忧虑不安、遭受了多少挑战啊！他禁止闲杂人员进入乱石岗，可根本没用；天天都有好奇的人攀越栅栏，有几个人冒失到了荒唐的地步，竟然跑到火棉堆里抽起烟来。巴比康每天都被气得勃然大怒。马斯顿尽力协助他，拼命驱赶那些擅自闯入者，并把那些美国佬到处乱丢的还没熄灭的烟头一一捡起来。任务相当严峻，因为挤在栅栏旁的人有三十万之多。米歇尔·阿尔当自告奋勇，一路押送弹药车直到哥伦比亚大炮炮口；可在他追逐那些冒失的擅闯者时，巴比康撞见他嘴里叼着一支大雪茄，这给那些冒失鬼树立了一个致命的榜样，大炮俱乐部的主席发现不能太相信这位大胆的抽烟者，只得派人专门盯着他。

终于，仿佛上天暗中保佑着这些火炮手似的，什么意外也没出现，装弹药工作得以顺利结束。尼切尔船长的第三份赌注眼看就要输掉了，如今就只等把炮弹装进哥伦比亚大炮里，放置到厚厚一层火棉上去。

不过，在开始装炮弹之前，必须先把旅行路上所需的东西放进炮弹车厢，并整齐有序地布置好。东西相当多，要是听凭米歇尔·阿尔当安排的话，它们肯定早就把留给乘客的位置也全占了。人们无法想象这个可爱的法国人要把多少东西捎到月球上去。那简直就是一堆乱七八糟的废品。不过，巴比康出来干涉了，于是就只能带一些必不可少的物品。

工具箱里放了好几支温度计、气压计和几副望远镜。

旅行家们很想在一路上好好观察月球，为了更方便地了解这个新世界，他们也带上了一张比尔和莫雷德制作的相当精美的地图，这幅地图印成四个版面，被公认为经过仔细观察、精心制成的真正杰作。它把月球转动时面对地球那部分的每一个地形都准确无误地一一标了出来；山脉、峡谷、圆谷、火山口、山峰以及沟槽等都看得清清楚楚，方位完全正确，大小真实准确，从高高矗立在月面东面的多尔弗耳山和莱布尼茨山脉，一直到延伸到北极地区的"冷海"，都标上了名字。

这份资料对旅行者们来说特别珍贵，因为在他们双脚来到月球之前就可以着手研究它了。

他们还带了三支来复枪和三把装有爆炸弹头的猎枪；此外，还带了大量的火药和铅弹。

"我们也不知道会碰到些什么人，"米歇尔·阿尔当说，"那里的人或野兽可能会觉得我们的拜访是不怀好意的呢！所以得做好准备。"除此之外，与防身武器放在一块儿的还有鹤嘴镐、十字镐、手锯以及其他必不可少的工具，更不用提那些各种气候——从寒冷刺骨的极地到酷热灼人的热带所需的衣服。

米歇尔·阿尔当还想带上一定数量的动物，倒没必要每种动物都带上一对，因为他认为没有必要在月球上驯化蛇、老虎、钝吻鳄以及其他凶猛的野兽。

"不，"他对巴比康说，"几头役畜，公牛或奶牛，驴或马，不但可以增添一份风景，而且对我们大有用处。"

"这我同意，亲爱的阿尔当，"大炮俱乐部主席回答道，"但我们的炮弹车厢不是诺亚方舟，它没有能力也没有这个使命。还是做些我们力所能及的事吧。"

争论了好半天之后，最后几位旅行者一致决定带上尼切尔那只漂亮的母猎狗和一条很强壮的纽芬兰公狗。好几箱最有用的种子也归入了必不可少物品之列。假如任凭米歇尔·阿尔当胡来的话，他肯定还会带上几袋泥土，以便在那儿播种呢。不管怎么说，他还是带上了一打小树苗，他用草盒子把它们精心包了起来，并放到了炮弹的一个角落里。

如今就剩下粮食这个重要问题了，因为必须预想到他们可能会着陆到月球上肯定贫瘠的地方。巴比康作了很充分的打算，他带上了够吃一年的粮食。不过，为了大家弄个清楚，需要指出说明的是，这些粮食，包括肉和蔬菜，都被水力压榨机压缩成极小的体积，但又保留有大量的营养成分；虽说它们种类不多，但在这样的旅行中旅行者也不应过于挑剔。另外还储备了五十加仑烧酒和只够两个月的水；因为，按照天文学家最新的观察，没有任何人怀疑月球表面存在一定数量的水。至于粮食，只有疯子才会认为地球上的居民会在那儿找不到东西吃。这一点米歇尔·阿尔当确信无疑。假如他心存疑虑的话，也不会决定去月球了。

"还有啊，"一天，他对朋友们说，"我们也并非完全和地球上的同事们失去联络，他们将会想到我们的。"

"很明显不会。"马斯顿立即回答道。

"您这话什么意思？"尼切尔问道。

"再简单不过了，"阿尔当回答道，"哥伦比亚大炮不是一直在那儿吗？那好呀！每当月球出现在天顶附近时，即便不在近地点也行，也就是说，将近一年一次，那么地球上的同志们难道就不能把装满粮食的炮弹发给我们，而我们只要在固定的日子等着就行？"

"好主意！太好了！"马斯顿大叫道，他仿佛已有了他的主意，"说得多好啊！务实的朋友们，我们肯定不会忘掉你们的！"

"那就拜托了！这样的话，你们也知道，我们就可以定期收到地球上的消息，而且对我们来说，假如无法和地球上的好朋友们保持联络，那我们会变得闭塞无知的！"

听到米歇尔·阿尔当神态坚定、泰然自若地说出了这几句信心十足的话语，整个大炮俱乐部的人恨不得都随他而去。他口中的月球旅行是那么普通、简单、方便并能保证成功，不跟随三位旅行家做月球旅行，活在这个可怜的地球上简直是太可怜了。

当各种物品都搬进炮弹以后，用于当弹簧用的水也被灌到层层隔板之间，还有用于照明的煤气也抽到了容器里。至于制造氧气的氯酸钾和吸收碳酸气的苛性钾，由于害怕路上会有耽搁，巴比康只带了足够两个月用的量。一架异常精巧的自动机器负责提供清爽的空气并彻底净化空气。炮弹里已是一切就绪，只待把它装入哥伦比亚大炮的炮筒。可这个工作也面临着重重困难和诸多危险。

这个硕大无比的炮弹被运到了乱石岗山顶。在那里，巨大功率的起重机一把钩住它并把它吊到了铁井上空。

这可真是万分紧张的时刻。要是链条承受不住炮弹的重量而断裂了，那么这么重的一团东西往下掉落肯定会使火棉着火。

幸好什么也没发生，几个小时之后，炮弹车厢缓缓地进入了大炮的炮筒，并停放在像易爆的鸭绒被一样的火棉层上。还好，它除了把哥伦比亚大炮里的火药压得更紧密一点之外，没其他任何影响。

"我输了。"船长一边说一边把三千美金交给了巴比康主席。

巴比康不想接受来自旅伴的这笔钱，可面对尼切尔的坚持，又不得不让步，因为后者固执要在离开地球前履行所有的承诺。

"不过，"米歇尔·阿尔当说，"务实的船长，我还有一件事要祝福您。"

"是哪一件呢？"尼切尔茫然问道。

"那就是祝您输掉另两份赌注！只有那样，我们才不会滞留在半路上了。"

第十五章　开炮！

终于迎来了 12 月的第一天，那可真是决定成败攸关的一天，因为炮弹假如不能在当晚十点四十六分四十秒发射出的话，那么得再等上十八年，月球才会同时位于天顶和近地点。

天气相当晴朗。虽然临近冬天，太阳照耀着大地，当地球沐浴在灿烂的阳光中时，它的三位居民却要离开它飞向一个新世界。

人们迫不及待地等待着这一天的到来，头一天晚上有多少人辗转反侧、睡不安稳！多少颗胸膛被期待的重担压得透不过气来！每一颗心都焦虑不安地跳动着，但米歇尔·阿尔当例外。这位沉着的人物以他惯有的忙碌，从这儿走到那儿，可从他身上一点也看不出来有什么心事。他睡眠安稳，这是蒂莱纳①式的睡眠，战斗之前躺在炮架上的一觉。

从早上开始，难以计数的人群就覆盖了乱石岗周围一望无垠的草原。坦帕城的铁路每隔一刻钟，就运来了一批新的看热闹者；人们不断拥进来，并马上就形成了很大的规模，据《坦帕城观察家》统计表明，在那个值得纪念的一天里，共有五百万观众践踏过佛罗里达的土地。

---

① 17 世纪法国元帅。

一个月以来，这些人中的大部分人就在围栏四周安营露宿，这为后来被称为"阿尔当城"的城市奠定了基础。平原上到处临时搭建的木板屋、屋棚、茅屋以及帐篷，住在这些临时居住房的人口是如此众多，足以让欧洲最大的城市望洋兴叹。

这里集结了来自地球上各个民族的人；这里可以听到世界上所有方言。简直是各种语言的大杂烩，就像在《圣经》里记载的巴比塔①同样。在这里，美国社会的各个阶级完全混为一体。银行家、农夫、水手、代理商、经纪人、棉花种植者、商人、船夫、官吏等，以原始人般的无拘无束，你撞我推。路易斯安那的克里奥尔人②和印第安那的农夫们称兄道弟；肯塔基和田纳西的绅士们、高傲又优雅的弗吉尼亚人和大湖区的半开化猎人，以及辛辛那提的牛肉商们口若悬河着。他们头戴宽边的白海狸皮帽或传统的巴拿马草帽，下身穿着奥普珀卢瑟斯服装厂生产的蓝色棉长裤，上身套着雅致的布衣，脚穿颜色艳丽的皮靴，展示着稀奇古怪的巴提斯特绉纱滚边，炫耀着他们衬衣上、袖口上、领带上、十只手指上甚至耳朵上所有的首饰配件：戒指、胸针、钻石、项链、耳环和坠子，雍容和低俗在这里争奇斗艳。女人、孩子、佣人，装扮得也一点也不逊色，前呼后拥地围着这些当丈夫的、当父亲的和当主人的，他们在众多家人的簇拥下，像极了部落首领。

用餐的时候，真得看看所有这些人是怎样扑向美国南部的特色菜肴，怎样地狼吞虎咽，他们的胃口是如此之大，以至于对佛罗里达州的食品供应构成了威胁，其实这些食物，比如炖青蛙、焖猴肉、杂烩鱼、烤袋鼠肉、带血负鼠肉或浣熊烤肉，和欧洲人的食谱大相径庭。

同样，还有多少饮料和烧酒在帮助这些难以消化的食物啊！酒吧或酒店里摆放有玻璃杯、大啤酒杯、酒瓶、长颈大肚玻璃杯、形状奇特的瓶子、用来磨糖块的钵和成捆的麦管，这些喝酒的地方回荡着阵阵兴奋的叫喊声和动听的叫骂声！

"薄荷糖浆酒！"某位零售商响亮地喊道。

---

① 《圣经》中提及的没有建成的通天塔。转义表示"使用各种语言的地方"。
② 克里奥尔人是安第斯群岛白种人的后裔。

"波尔多什加里酒一杯!"另一位也尖声吼道。

"杜松子酒!"这边有人不停地叫喊。

"鸡尾酒! 白兰地!"那边的人喊叫着。

"谁来尝尝真正的最新口味的薄荷糖浆酒呢?"那些精明的商贩边大声叫卖,边像变戏法玩小球一样,他们在一个个杯子里,调制着糖、柠檬、绿薄荷、碾碎的冰、水、白兰地和新鲜菠萝混合成的清凉饮料。

人们的口味在各种香料的强烈作用下也变了。在平时,那些诱惑人咽喉的叫卖声不绝于耳,回荡在空中并"嗡嗡"作响。可那一天——12月1日,这些叫喊声竟寥寥无几。商贩们就是喊哑了喉咙也引不起老顾客的兴趣。谁也不想吃,谁也不想喝,下午四点,观众群中不知还有多少人没吃午饭呢! 更有一个意味深长的征象,即美国人对吃喝玩乐的热情被兴奋情感所战胜了。当看见九柱戏的木柱倒在地上,骰子在皮筒里睡大觉,轮赌盘静止不动,用木板记分的纸牌被扔在一边,那些玩"惠斯特"、"二十一点"、"红与黑"、"蒙特"和"法罗"的纸牌静静地躺在盒子里无人问津时,你就清楚当日的重大事件吸引了一切需要,没给任何一个娱乐项目留下一席之地。

一直到晚上,没有任何喧哗,就像大难来临前的寂静一样,一种隐约的不安笼罩着焦虑不安的人群。大家的心头上有着一种无法描述的担忧,一种痛苦的茫然和难以形容的揪心感觉。人人真巴不得这一切"已经结束"了。

不过,七点左右,沉闷的寂静突然烟消云散。月亮从地平线上升起。好几百万的"乌拉"声喝彩它的现身。它没有失约。喧闹声冲天而上;到处都爆发着阵阵喝彩声,而金发的菲贝女神却在美丽的夜空中安详地照耀着,并用她最多情的月光轻拂着这些如痴如醉的人。

这时候,三位勇敢的旅行者出现了。一见到他们,叫喊声更响了。瞬间,美国国歌从所有的兴奋的胸膛里同时冲了出来,五百万人异口同声唱起了《扬基歌》① 大合唱,响亮的歌声像猛烈的暴风雨声直冲云霄。

---

① 在美国革命期间,美军采用《扬基歌》作为自己的歌,这首歌一直被当作非正式的国歌,而且是人们最喜欢的儿歌。

这股不可控制的兴奋之后，国歌突然煞住，最后的和声也慢慢地消逝，喧闹声也没了，接着，一阵窃窃低语声从这群兴奋的人中传了出来。不过这时，法国人和两位美国人已经穿过外面围满了大量人群的栅栏。陪着他们的，有大炮俱乐部的会员们以及欧洲各个天文台派遣的代表。巴比康冷静而沉着，平静地下达了最后的指示。尼切尔紧闭着嘴唇，两手交叉着放在背后，以坚定整齐的步子走着。米歇尔·阿尔当总是那么悠闲，一副旅行者打扮，脚上绑着皮护脚套，腰上系着腰包，一套肥大的板栗色丝绒衣服，嘴里叼了一支雪茄，一路上很大方地伸出他热情的手掌和人群不断地握手。他总是兴致勃勃，欢乐无穷，笑眯眯的，爱开玩笑，经常调皮地戏弄马斯顿，反正是个"法国人"，或更糟的是，直到最后一秒钟都是个"巴黎人"。

十点钟敲响了。该是去炮弹就座的时候了；有些操作是必不可少的，拧紧门板，挪开起重机，拆除哥伦比亚大炮炮口上的架子，这些都需要一定的时间。

巴比康把他那精确到十分之一秒的马表和工程师默奇森的秒表核对了一下，后者负责用电花点燃火药；这样，关在里面的旅行者们可以盯着不紧不慢走动、将会指明他们出发确切时间的指针。

道别的时刻来临了。情景很是感人。虽然充满着无比欢乐，米歇尔·阿尔当也深受感动。马斯顿从他干涩的眼皮下挤出了一滴老泪，毫无疑问，这滴眼泪是他专门留给这个场面用的，他把它倾注在他那亲爱的、勇敢的主席前额上。

"就让我也去吧！"他说道，"趁着还来得及！"

"坚决不可能的，马斯顿老兄。"巴比康答复道。

过了一会儿，三位旅伴就安顿在了炮弹里面，他们从里面把门板拧紧，然后，哥伦比亚大炮轻快无比地向天空张开了它的炮口。

尼切尔、巴比康和米歇尔·阿尔当他们终于被封闭在了"炮弹车厢"里。

所有的人都兴奋万分，恐怕谁也无法描述这份感受。

月亮在明朗的天空中移动着，一路上使得其他星星黯然无光；它穿过双子座，正好处于地平线和天顶中间。

大家自然都应该知道我们得瞄准目标的前方，就像猎人会瞄准他想捕猎的野兔前方一样。

可怕的寂静笼罩着一切。大地上没有一丝微风！胸膛里没有一丝气息！心脏再也不敢跳动。所有惊慌的眼光都盯着哥伦比亚大炮那张开的大口。

默奇森眼睛紧紧跟随着秒表的指针。离开炮的时刻还有正好四十秒，其中每一秒仿佛持续了一个世纪。

到第二十秒时，所有的人都战栗了一下，人群突然想起那关在炮弹里的勇敢的旅行者们也在计算着这可怕的秒数！有几个声音孤独地大声数着：

"三十五！——三十六！——三十七！——三十八！——三十九！——四十！开炮！！！"

话音刚落，默奇森用手指扳下断路器，电流马上就通了，并把电花传向哥伦比亚大炮底部。

瞬间传来一阵闻所未闻的、可怕的巨响，不论是雷声，火山爆发还是其他的一切声音都没法和它比拟。一大簇火光像火山一样从地底下迸发而出。大地翻腾着，在那一刹那，只有几个人隐隐约约地看到炮弹从浓烟烈火中胜利地冲上云霄。

第十六章　阴霾

当炽热的火光冲向天空时，迸发的光芒照亮了整个佛罗里达州，而且，在那无法估计的瞬间，在这个地区很大一片地方上，白昼取代了黑夜。在墨西哥湾和大西洋上，一百英里之外，都能看到这一大簇火光，而且，不止一个船长在他的航海日记里记下了这次大规模的大气现象。

伴随着哥伦比亚大炮一声巨响，大地也一阵震动。佛罗里达州一直到地底深处都感到了强烈的震动。火药爆炸发出的气体，在炎热下迅速膨胀起来，以无与伦比的威力冲击着大气层，这个人造飓风，比暴风雨中的飓风还要强百倍，像龙卷风似的蹿上高空。

没有一个观众是站立着的。男人、女人、孩子，所有的人就像受暴风雨袭击后的麦穗一样纷纷倒地；接着传来一阵无法形容的吵闹声，很多人还受了重伤，而马斯顿由于太不小心了，又站得太近，结果像一个圆球似的从他的同胞头上滚过，被冲出了二十托瓦兹远。一时间，三十万人惊慌失措，什么也听不见。

气流掀翻了木棚，推倒了窝棚，把方圆二十英里之内的树木连根拔起，把铁轨上的火车一直吹到坦帕城，向雪崩似的扑向这个城市，并摧毁了一百多幢房子，其中就有圣玛丽教堂，新建的证券交易所的墙壁从上到下都开了裂缝。港口里的几条船在海面上相互撞击着，最后笔直地沉入海底，还有十几条抛锚在港湾里的船只，像扯断棉纱一样挣断链条，冲向海岸。

不过，破坏的范围延伸到了更远，并超出了美国的范围。后座力的作用在西风帮助下，波及到了离美国海岸三百多英里的大西洋。这场费茨罗伊的海军司令没能预见到的出乎意料的人造暴风雨，以闻所未闻的淫威扑向船只。好几条军舰被卷进可怖的旋风里，还没来得及逃脱，就连船带帆沉没了，利物浦的蔡尔德·哈罗德号就是其中之一，这场令人痛心疾首的灾难引来了来自英国的最严厉的责骂。

最后要补充的是，炮弹发射后半小时，戈雷①和塞拉利昂②的居民声称听到了一声沉闷的响声，这是声波在穿越了大西洋之后，消失在非洲海岸时的最后一次波及，虽然除了几个土著人的见证以外没有其他确凿的证据。

如今得回过头来说说佛罗里达了。最初的混乱平静下来以后，那些受伤的人、失聪的人，反正整个人群都猛然醒悟过来，于是"阿尔当万岁！巴比康万岁！尼切尔万岁！"等狂热的喝彩声直冲云霄。好几百万人，鼻孔朝天，手里握着大大小小的望远镜，察看着太空，他们全然不顾身上的挫伤和心灵上的兴奋，只顾关注那颗炮弹去了。可是他们找来找去，都毫

① 埃塞俄比亚的城市。
② 非洲的一个国家。

无结果。已经看不到它了，只能等待来自朗峰的电报了。剑桥天文台的台长此时正在落基山上坚守着岗位，人们把观察工作托付给了这样一位既机智又有恒心的天文学家了。

可一件很容易预见到却没想到的、让人无能为力的现象，使公众的耐心受到了严峻的考验。

本来一直晴朗的天空，骤然起了变化：灰暗的天空上突然布满了阴云。在大气层被猛烈地冲击之后，在四十万磅低氮硝化纤维素燃烧产生的大量烟雾扩散开来之后，天空难道还会有其他的样子吗？大自然的一切秩序都给扰乱了。其实这没什么好大惊小怪的。因为在海上战争时，我们经常看排炮可以忽然间变化大气层状态。

第二天，太阳从乌云密布的天边升起，乌云像是挂在天空和大地之间的一块沉重的、无法穿透的帘幕，所不幸的是，它一直延伸到落基山地区。这简直是个致命的打击。阵阵声讨声从地球的各个角落响起。但大自然却不为所动，既然人类可以用爆炸来扰乱大气层，那他们就得自食恶果。

第一天，人人想方设法想穿透浓密的云雾，但每个人都是白费力气，再说大家这样望着天空是错误的，因为，由于地球的周圆周运动，炮弹必定沿着相反的路线飞速地行驶在空中呢。

不管如何，当黑夜覆盖了整个大地时，夜晚漆黑一片，所以当月亮从天边升起时，根本不可能看到它；它仿佛是故意躲开了那些朝它开炮的冒失鬼的目光。所以是不可能观看到什么的了，朗峰的电报也证实了这个令人愤怒的意外状况。

不过，假如试验成功的话，那么，于12月1日晚上十点四十六分四十秒启程的三位旅行者应该会在4日午夜时抵达。所以，在这段时间里，大家只好停止乱嚷嚷，耐心等待，而且不管怎么说，在目前的条件下观看一个炮弹这么小的天体还是很不容易做到的。

12月4日，从晚上八点到十二点，人们本以为会跟踪到炮弹的踪迹，它应该像个黑点似的出现在月球闪闪发光的表面上。可天空还是那么无情的阴沉，这下子，公众愤怒到了极点。人们咒骂着那根本不露面的月亮，真是人世间可悲的因果报应啊！

　　马斯顿感到相当失望，就动身去了朗峰。他想亲自观察。他相信他的朋友们在经过一番旅行之后会到达目的地的。再说，谁也没听说过炮弹会掉落到哪个岛屿或陆地上，而且，马斯顿从来不认为炮弹会掉到覆盖地球四分之三面积的大海里。

　　5日，同样的天气。不过欧洲大陆的那些巨大望远镜，赫显耳的，罗斯的，富科的，还是一成不变地瞄准着黑夜天体，因为欧洲的天气恰好很美好；不过，这些仪器的不足妨碍了一切有效的观察。

　　6日，同样的天气。地球上四分之三的人开始焦躁不安。大家纷纷想出了各种荒谬的主意，想驱开聚集在空中的阴云。

　　7日，天气似乎有所变化。人们于是期待着，可希望没持续多长时间，晚上，浓密的乌云又遮住了满天星斗的苍穹，挡住了人们的目光。

　　这样一来，事情就变得糟糕了。因为，11日上午九点十一分，月亮就得进入它的下弦月时期。这段期限之后，它就会慢慢变小，那么，即便晴空万里，观察的机会也大大地减少了。实际上，从此以后月亮总是以愈来愈小的月面而出现，最后新月时期，也就是说，它和太阳同起同息，太阳的光芒完全遮住了它。于是要想看到满月并重新开始观察，必须等到1月3日正午十四分。

　　各种报纸报道了这些科学推论，为此还加了成千个注释，而且它们毫不掩饰地告诉公众必须备有天使般的耐心。

　　8日，没什么变化。9日，太阳像是嘲弄美国人似的，只露了一面就不见了。人们对着它好一阵子嘲骂，可能受到了这种招待的伤害，它就更吝啬它的阳光了。10日，没有变化。马斯顿差点精神崩溃，大家都替这位高贵的人的大脑捏了一把冷汗，那颗用马来树胶做的脑壳一直都很好地保护着他的脑袋。

　　但11日，爆发了一场强大的热带风暴。猛烈的东风驱散了长期以来堆积的乌云，到了晚上，已被吞噬一半的月面庄严地出现在清澈的星空中。

第十七章　一颗新星

当天夜晚，那条姗姗来迟的、兴奋人心的消息犹如一声惊雷，迅速在合众国各州炸响，并且飞越大洋，传遍了地球上所有的电报线。朗峰的那架巨大反射望远镜观察到了炮弹。

以下便是剑桥天文台台长做的纪要。它对这次伟大的试验作出了科学的结论。

朗峰，12 月 12 日。

致剑桥天文台各位先生：

贝尔法斯特和马斯顿两位先生已于 12 月 12 日，晚上八点四十七分，当月亮进入下弦月时，观察到了由乱石岗哥伦比亚大炮发射的炮弹。

这枚炮弹没有到达目的地。它与月球近距离地擦肩而过，不过还是被月球的引力吸引住了。

于是它的直线运动变成了眩晕的高速圆周运动，它被吸附在环绕月球的一个椭圆形轨道上，成为月球的一个名副其实的卫星。

这颗新星的详细资料还没有办法确定下来。对它的移动速度及自转速度，我们皆不得而知。它距离月球表面的距离大约为两千八百三十三英里。

如今，对事态的发展，可以作出两种设想。

要么月球的引力最终占上风，游客们抵达了旅行目的地；要么被固定在一成不变的轨道上，炮弹绕着月球运转，最终到世界末日为止。

这些也是天文观察工作有一天要弄清楚的，但到至今为止，大炮俱乐部的试验除了为我们的太阳系平添了一颗新星以外，还没显示出其他的成绩。

J. – M. 贝尔法斯特

　　这个出乎意料的结局暴露了不少的问题啊！未来留给科学研究工作多少奥秘啊！多亏这三人的勇敢和献身精神，这次向月球发射炮弹的试验，表面上看来没有丝毫价值，但其实具有重大的意义，它所取得的后果难以估量。那些关在一颗新卫星里的旅行家，即便没能到达目的地，但至少也成了月球世界的一部分；他们正环绕着黑夜天体在转动，人类的眼睛首次深入窥探到了它的许多秘密。尼切尔、巴比康和米歇尔·阿尔当的名字将永远闪烁在天文学大事记中，因为这些渴望拓宽人类知识领域的无畏的探险家，勇敢地投身于太空，拿自己的生命做现代最不可思议的试验。

　　虽然如此，朗峰的报告一公之于世，还是引起了全世界的一阵惊慌。有没有可能帮助这三位勇敢的地球居民呢？毫无疑问，没有，因为他们已经跨越了上天安排给地球生物的极限，游离于人类圈子之外了。两个月之内他们可以自给空气。他们的粮食够吃一年。可之后呢？一想到这个问题，即便最冷漠的心灵也为此恸动不已。

　　只有一个人不愿承认事情已无可挽回。只有一个人还满怀信心，那就是和他们一样勇敢、坚毅的，他们的忠实朋友——务实的马斯顿。

　　他的眼睛始终不曾离开过他们。朗峰上的观察台从此以后就成了他的家；巨大望远镜的反射镜就是他的整个视野。只要月亮一爬上地平线，他就把它框到望远镜的视域里，一刻不离地望着它，并始终如一地追随着它穿过星空；他怀着永恒的信心，观察着炮弹扫过它银色的月面，这位高尚的人真正做到了和他的三位朋友保持永恒的联系，他坚信有一天还能见到他们。

　　"我们会联系到他们的，"一有可能，一逮着谁同意听他说话的机会，他就会如是说，"我们会有他们的消息，他们也会得到我们的消息！更何况，我了解他们，那是些善于制造奇迹的天才。他们带到太空里去的是艺术、科学和技术的瑰宝。有了那些本领，他们想做什么，就做能什么，你们看着吧，他们总有一天会摆脱困境的。"

环游月球

儒尔·凡尔纳　著

第一章　从晚上十点二十分 到十点四十七分

当十点的钟声敲响，阿尔当、巴比康、尼切尔向留在地球上的朋友们道别。为了使地球上的犬类适应月球，两只狗儿也被装进了弹舱里，三个人走向了巨大的铁铸大炮的炮口，悬空的吊车将他们送到炮弹的尖顶处。

人们专门在炮弹上开了一个口，使他们可以进入铝制的弹舱。当吊车的滑车升到大炮外面以后，人们立即拆除了留在大炮上的最后一部分脚手架。

一进入弹仓，尼切尔就用一块坚固的金属板将舱口封闭，这块金属板用强压力螺丝在内部固定。其他舷窗的透明玻璃上也装上了这种金属板。三个人就这样被密封在了一个"金属牢房"中，周围是深深的黑暗。

"如今，我亲爱的同伴们，"阿尔当说道，"把这儿当成我们的家好了。我可是善于持家的人，家务事样样精通。我们要过得舒服些，尽可能地利用我们的新居室。首先，房间要明亮一些，要知道，煤气灯可不是为了鼹鼠才发明的。"

一边说着，这无忧无虑的"大男孩"在靴底划着火柴，点燃了装在容器罐上的煤气灯嘴，罐子里装着压缩的碳化氢，以供弹仓内的照明和取暖之用，可以维持一百四十四个小时，也就是六天六夜。

煤气灯点燃了，被照亮的弹舱看起来像是一个很舒适的房间。四壁包着软垫，舱内有一圈沙发，顶部好似教堂的圆顶。

里面的物品有武器、工具和器皿，它们都被紧紧地固定在壁垫上圆圆的突起处，应该能禁得住发射时的撞击。为了确保这个大胆的试验圆满成功，人们采取了所有人力所能及的防范措施。

阿尔当将一切仔细地检查了一遍后，宣布对他的新住处十分满意。

"这是一个牢房，"他说道，"不过是一个旅行中的牢房，我们还可以在窗口瞭望，我真同意服一百年这样的刑。你笑什么，巴比康，你心里是不是在想，这个监狱会成为我们的坟墓？就算是坟墓，我也不跟穆罕默德的换，他的坟墓只能在空间里飘浮，却不能前进①。"

当阿尔当在这边喋喋不休的时候，尼切尔和巴比康在做着最后的准备。

当三位旅行者全都坐进弹舱时，尼切尔的马表显示是晚上十点二十分。这个马表跟工程师默奇森的那一只对过，只有十分之一秒的误差。巴比康看了看时间后说道：

"朋友们，如今是十点二十分。十点四十七分，默奇森将向连接着哥伦比亚大炮燃料室的电线输送电火花。那一刻，我们也将离开地球。如今我们还能在地球上呆二十七分钟。"

"二十六分十三秒。"务实的尼切尔回答说。

"好吧！"米歇尔·阿尔当大声说道，一副心情很好的样子，"二十六分钟可以做很多事，我们可以讨论那些最严肃的道德和政治问题，甚至还可以将它们解决。有意义的二十六分钟胜过虚度的二十六年！帕斯卡或牛顿的几秒钟比那些混日子的庸人的一生更有价值……"

"这就是你的结论吗，喋喋不休的演说家？"巴比康主席问道。

"我的结论是我们还剩下二十六分钟。"阿尔当回答说。

---

① 穆罕默德是伊斯兰教二十九位先知中最大的先知。伊斯兰教传说中穆罕默德死后在天使的陪同下自耶路撒冷缘天梯而上，进入第一重天，然后穿越七重天，到达天主安拉座前。

"只剩下二十四分钟了。"尼切尔说。

"二十四分钟，假如你坚持的话，我务实的船长，"阿尔当回答道，"在这二十四分钟里我们可以深入讨论一下……"

"米歇尔，"巴比康说，"我们在旅途期间会有充足的时间去深入探讨那些难题。如今，我们还是为发射做好准备吧。"

"我们不是已经准备好了吗？"

"差不多了，但为了尽量减轻第一次撞击，我们还要采取一些防御措施。"

"我们不是在易破裂的隔板之间安装有水垫，它的弹性还不足以保护我们吗？"

"希望如此，米歇尔，"巴比康轻声回答道，"但我也不是很确定。"

"啊！开玩笑！"米歇尔·阿尔当大声说道，"他希望！……他不能确定！……箭都在弦上了，他却来告诉我们这个不幸的消息！不行，我要出去！"

"怎么出去？"巴比康反问道。

"是啊，"米歇尔·阿尔当说，"这的确很难。就像是我们已经上了火车，还有二十四分钟，火车司机就要鸣笛了……"

"二十分钟。"尼切尔打断了他。

三名旅客互相对视，沉默了片刻。然后又开始检查舱内的物品。

"一切正常，"巴比康说，"如今我们要决定该采取什么样的姿势来抵抗发射时的冲击。我们的姿势很重要，它可以尽可能地阻止血液过于迅速地涌向头部。"

"完全正确。"尼切尔表示赞成。

"那么，我们应该像马戏团的小丑一样倒立喽？"米歇尔·阿尔当一边问道，一边准备来个示范。

"很明显不是，"巴比康回答说，"我们应该侧卧，这样可以更好地抵御冲击。要知道，当炮弹发射时，我们在它的里面还是在它的前面，这差不多是一样的。"

"假如这只是'差不多'，我就放心了。"米歇尔·阿尔当驳斥道。

"尼切尔，你赞成吗？"巴比康问。

"完全赞成，"船长回答说，"还有十三分半。"

"尼切尔简直不是人，他是一个带有擒纵轮的秒表，还有八个孔……"

但他的同伴们都不再理会他，而是以一种出奇的冷静，做着最后的准备工作。他们就像是两名井井有条的乘客，上车之后，就找一个尽可能舒适的座位坐下来。真想知道这些美国人的心是用什么材料做的，面临即将到来的巨大危险，居然面不改色心不跳。

舱内有三个结实的厚床垫，尼切尔和巴比康将它们装在活动地板的中央，也就是他们三个人在炮弹发射前几分钟就要躺下的位置。

就这么一会儿工夫，阿尔当也闲不住，像只困兽，在狭窄的弹舱里转来转去，一会跟他的伙伴们说两句话，一会又跟"狄安娜①和"卫星"聊两句，瞧，他给狗儿们取了两个多有意义的名字。

"嗨，狄安娜，嗨，卫星，"他逗着那两只狗，"你们得给地球上的狗儿争光啊，给月球上的狗儿们看看，我们地球上的狗多有风度，天哪！假如我能回去，我要带只杂交的'天狗'，一定会流行的。"

"假如月球上有狗的话。"巴比康说道。

"很明显有了，"阿尔当肯定地说，"而且还有马、有牛、有驴子、有鸡。我敢打赌，我们一定会找到鸡的。"

"我赌一百美元，那上面没有鸡。"尼切尔说。

"好，那咱们说定了，我的船长，"阿尔当握住尼切尔的手回答道，"不过说到打赌，你跟主席打的三个赌可是都输了，他们为这个实验筹集到了资金，大炮成功浇铸，而且装药也平安无事，一共是六千美元。"

"就这样。"尼切尔回答道，"如今是十点三十七分零六秒。"

"就这么说定了，船长，哈哈，一刻钟后，你还得付给主席九千美元，四千是因为炮弹不会爆炸，剩下的五千是炮弹的飞行高度一定会超过六英里。"

"钱在这，"尼切尔拍拍上衣的口袋说道，"一言为定。"

_____

① 希腊神话中的月神。

"很好，尼切尔，我知道你是一个有条理的人，这是我最欠缺的，但我还是要对你说，这回你打的这些赌，对你都没什么好处。"

"为什么这样说？"尼切尔问。

"因为就算你赢了巴比康，哥伦比亚大炮连炮弹一起都灰飞烟灭了，巴比康也不在人世了啊，谁付给你钱呢？"

"我的赌资存在巴尔的摩银行里，"巴比康老实地回答道，"假如尼切尔不在了，赌资将支付给他的继承人。"

"啊，真是言出必行！"阿尔当嚷道，"对于你们这种实事求是的人，我虽然无法理解，但还是佩服得很。"

"如今是十点四十二分。"尼切尔说。

"只剩五分钟了！"巴比康回答道。

"哎，这短短的五分钟！"米歇尔·阿尔当说，"我们被关在一个炮弹里，在一个九百英尺的大炮底部！炮弹的下面是四十万磅的火棉，相当于一百六十万磅普通火药！我们的朋友默奇森，手里拿着计时表，眼睛盯着指针，一手放在电钮上，开始倒数，准备把我们送向太空！……"

"够了，米歇尔，别说了！"巴比康听起来很严肃，"我们该准备了，神圣的时刻马上就要到来，朋友们，让我们握一下手吧！"

"好。"米歇尔·阿尔当附和道，他要比他表现得更加兴奋。

三位勇敢的伙伴最后一次紧紧地拥抱在一起。

"老天保佑我们。"虔诚的巴比康祈求道。

米歇尔和尼切尔在位于地板中央的床垫上躺了下来。

"十点四十七分。"船长轻声地说。

还有二十秒！巴比康迅速地将煤气灯熄灭，躺在同伴们的身旁。

弹舱里一片寂静，只有计时表在滴答作响。

突然，他们感到了一阵剧烈的震动，火棉爆炸产生的六十亿升气体将炮弹送向了太空。

第二章　最初的半小时

　　弹舱里发生了什么？这可怕的震动会带来怎样的后果？炮弹建造者们的精湛技艺会带来一个圆满的结局吗？那些弹簧，四个缓冲器，水垫和易破裂材料制成的隔层会缓解发射带来的冲力吗？他们能够经受得住炮弹一万一千米每秒的初始速度所带来的巨大的后座力吗？所有这些正是那千千万万观看这兴奋人心一幕的人们想要知道的。他们将这次试验的目的早已抛之脑后，一心牵挂着三位乘客的安危。假如他们中的某个人——譬如马斯顿，能够看一眼弹舱，他会看到什么呢？

　　他什么都不会看到。弹舱里漆黑一片。不过炮弹尖头圆柱形的弹壁毫发无伤。没有一条裂缝，没有弯曲，也没有变形。火药所产生的巨大的爆炸对于坚固的炮弹没有丝毫影响，炮弹并没有向人们所害怕的那样熔化，化成一阵铝雨。

　　舱里的物品大都完好无损。只有几样被重重地抛向了舱顶，但那些重要物品都抵抗住了冲击，他们的系索也都没有损坏。

　　在隔板破裂，水垫里的水排出之后，活动地板降到了弹舱底部。地板上躺着的三个人一动也不动。巴比康、尼切尔和米歇尔·阿尔当还活着吗？这个炮弹会不会变成一个金属的棺材，带着三具尸体飞向太空？

　　过了几分钟，一个人动了一下，他晃晃胳膊，抬起头，最后他终于跪了起来。原来是米歇尔·阿尔当。他摸摸自己，低低地哼了一声，说道："米歇尔·阿尔当，'完好无损'。看看其他人。"

　　这位勇敢的法国人试图站起来，却站不住。他头晕眼花，血液一个劲地向上涌，仿佛一个醉汉一样。

　　"哦，"他说，"这种感觉就像是喝了两瓶考尔通葡萄酒。只不过味道差了些。"

　　然后，他拍拍额头，揉揉太阳穴，一边大声地喊道："尼切尔，巴比康！"

　　他焦急地等待着，却没有听到任何声音。哪怕是一声呻吟也好，至少说明他的伙伴们还活着。他继续喊着，还是没有声音。

　　"该死！"他说，"他们仿佛是头朝下从六层楼上摔下来的。""呵，"他又信心十足地说道，"假如一个法国人能够跪起来，两个美国人怎么会站不起来呢？但首先，我要弄清楚状况再说。"

　　此时的阿尔当感到已经缓过神来，血液开始平静下来，恢复了正常的循环。他努力平衡身体，最终站了起来，于是从口袋里掏出火柴，在磷石上划着，点燃了煤气灯。煤气缸没有损坏，没有产生漏气的现象。再说，假如漏气的话，是可以闻到气味的，假如米歇尔在这种状况下莽撞地在充满氢气的弹舱里划燃火柴，那么煤气与空气的混合气体所产生的爆炸会完成"后座力未竟的事业"……

　　煤气灯一点亮，阿尔当就俯身查看他的两个同伴。他们一个倒在另一个身上，毫无生气，尼切尔在上面，巴比康在下面。

　　阿尔当扶起船长，让他靠在沙发上，然后开始用力地按摩他。按摩的手法很正确，尼切尔醒了过来，他睁开双眼，抓住阿尔当的手，但依然是那样的镇静。他环顾四周后问道："巴比康怎么样？"

　　"要一个一个来，"米歇尔·阿尔当平静地回答道，"我从你开始，尼切尔，因为你在上面。如今轮到巴比康了。"

　　一边说着，两人将大炮俱乐部的主席先生扶到沙发上。巴比康看起来比他俩伤得重一些。他流血了，当尼切尔检查后发现这是因为他肩上的一小块伤口后，才放下心来。但即使是这小小的擦伤，他也细心地为他止了血。

　　可是，巴比康过了好一会也没醒过来，这可让他的两个朋友吓坏了，一个劲儿地为他按摩。

　　"他还在呼吸呢。"尼切尔一面说着，一面听他的心跳。

　　"的确，"阿尔当回答道，"就像是出于惯性，他每天都得这么呼吸。按摩，尼切尔，使劲按摩。"

　　经过两位临时医生的努力，巴比康终于恢复了知觉。他睁开双眼，坐了起来，抓住两个朋友的手，他说的第一句话是："尼切尔，我们在前进吗？"

尼切尔和阿尔当对视了一眼，他们还没来得及考虑他们乘坐的炮弹呢。他们最害怕的是乘客，而不是这个"车厢"。

"我们到底是不是在前进？"米歇尔·阿尔当重复了同样的问题。

"我们是不是还安安静静地呆在佛罗里达呢？"尼切尔问道。

"或者沉在了墨西哥湾海底？"阿尔当附和道。

"是这样吗？"同伴的两个设想让巴比康马上清醒了过来。

不管怎么样，炮弹如今的情形还无从知晓。这个问题可不太好回答，因为表面上看起来，它是静止的；他们又无法与外界取得联系。也许它在继续着穿越太空的旅行？还是经过短暂的飞行，又回到了地面，抑或是真的沉到了墨西哥湾·佛罗里达半岛如此狭长，这并不是不可能之事。

这个问题至关重要，需马上解决。巴比康来了精神，精神力量战胜了身体的虚弱，他站了起来。他屏息倾听。外面，一片寂静。但也许是因为厚厚的舱壁屏蔽掉了所有的声音。然而，另一个现象使巴比康十分吃惊：舱内的温度很高。他从保护套中取出温度计一看，四十五摄氏度。

"是的，"他大喊道，"是的！我们是在前进！这让人窒息的热度来自炮弹的弹壁！是与大气层摩擦产生的热量。温度很快就会降下来，因为如今我们已经进入真空，在高温之后，将是寒冷。"

"什么？"米歇尔·阿尔当问道，"巴比康，你的意思是说，我们马上就要离开地球大气层了？"

"的确是这样，米歇尔，你听我说，如今是十点五十五分。从炮弹发射到如今已经有大概八分钟了。所以，假如炮弹的初速没有因摩擦而变小的话，我们只需六秒钟就能穿过厚十六法里的地球大气层。"

"完全正确，"尼切尔接着说道，"据你估算，摩擦会使炮弹的速度下降多少？"

"三分之一，尼切尔，"巴比康回答说，"按照我的计算，速度会下降这么多。假如炮弹的初始速度达到了一万一千米每秒，当它穿过大气层时，速度会下降到七千三百三十二米每秒，就算以这个速度，我们也早已经穿过了大气层……"

"这么说，"米歇尔说道，"尼切尔朋友的两个赌都输啦，炮弹没有爆炸，四千美元；炮弹的高度超过了六英里，五千美元。怎么样，尼切尔，拿钱吧！"

"咱们先来研究一下，"船长回答说，"然后再谈付钱的问题。巴比康的推论很有可能是正确的，我也愿赌服输。不过我脑海里突然出现了一个新的设想，它很有可能会取消我们的赌注！"

"什么设想呢？"巴比康连忙问道。

"我的设想就是：出于某种原因，火药并没有被点燃，我们并没有出发。"

"上帝啊，"米歇尔·阿尔当大声叫道，"我的船长，只有我的脑袋才会想出这种设想，这可不是一个严肃的设想！难道我们没有被震得人事不省吗？难道不是我把你叫醒的吗？难道不是由于后座力，主席的肩膀才流血的吗？"

"你说得对，米歇尔，"尼切尔又说，"但还有一个问题。"

"那是什么问题？"

"你听到了那本该震耳欲聋的爆炸声吗？"

"没有，"阿尔当回答说，"真奇怪，我的确没听到爆炸声音啊！"

"巴比康，那你呢？"

"我也没有。"

"那么……"尼切尔说。

"是啊！"主席嘀咕道，"为什么我们都没听到爆炸声呢？"

三个朋友面面相觑，窘迫不堪。这个现象无法解释，炮弹假如发射出去，就应该有爆炸声才对啊。

"我们先要知道我们到底在哪儿，"巴比康说道，"咱们打开舷窗看看。"

这个操作相当简单，舷窗很快就被打开了。他们用活动扳手，拧下固定右舷窗外面护窗板的螺钉的螺帽。将螺钉推出去后，马上用包有橡胶的活塞将螺钉留下的小洞堵上。于是护窗板像弦门一样通过铰链降下，封闭弹舱的透明玻璃露了出来。这样的舷窗还有三个，一个镶在弹舱另一侧的舱壁上，一个位于舱顶，另一个在弹舱底部的中心。这样，他们就可以从四个不同的方向分别观察，从两侧的舷窗可以看到苍穹，从上下两个舷窗可分别看到地球和月球。

巴比康和他的伙伴们马上冲向了刚刚打开的舷窗。没有看到任何的光线，炮弹被包围在深深的黑暗之中。但巴比康还是大声说道："不，我的朋友们，我们没有又回到地球。我们没有被淹没在墨西哥湾。我们正升向太空。瞧这些在黑暗中闪耀的星星，还有这隔在地球与我们之间深不可测的黑暗。"

"太好了，太好了！"米歇尔和尼切尔一起叫道。

原来，正是这无边的黑暗说明了炮弹已经离开了地球，假如他们还在地球，就可以看到月光照射下的土地。同时，这黑暗也表明了炮弹已经穿过了大气层，因为当光线通过空气传播时，会折射到炮弹的金属外壳上，但它如今并没有反光的现象。而且光线也会照亮舷窗，而舷窗如今也是一片黑暗。毋庸置疑，三位乘客已经离开了地球。

"我输了。"尼切尔说。

"我要祝贺你输了哦！"阿尔当回答说。

"这是九千美元。"船长边说边从口袋里掏出一捆钞票。

"需要给你开个收条吗？"巴比康接过钱问道。

"假如你方便的话，"尼切尔回答说，"这更合规矩。"

于是，巴比康严肃而冷静地拿出笔记本，就像是在账台一样，撕下一张纸，写了一张标准的收条，签上日期、姓名，还有名字的缩写，把它交给了船长。尼切尔小心翼翼地将它放在了他的公文包里。

米歇尔·阿尔当摘下他的鸭舌帽，静静地向他的两个朋友鞠了一躬，在这样的状况下还这么讲究礼节，让他无话可说。他从没见过如此地道的美国人。

交易完成后，尼切尔和巴比康又来到舷窗前，继续观看星座。漆黑的苍穹繁星点点。不过，从这个方向看不到月亮，因为它是自西向东绕地球转动，如今正一点点地接近天顶。看不到月亮，阿尔当有些着急：

"那月亮呢？它不会恰恰忘记了和我们的约会吧？"

"别担心，"巴比康回答说，"我们的月球坚守着它的岗位呢！只不过从这面看不到它。我们打开另一侧舷窗就能看见它了。"

正当巴比康要走开去打开另一侧舷窗的时候，突然发现有一个明亮的物体正在靠近炮弹。这个物体呈圆形，体积巨大，但无法测算。它朝向地球的一面相当明亮。就像是一个小月亮一样，反射着月球的光芒。它以不可思议的速度飞快地前进着，而且它环绕地球的轨道正好与炮弹的轨道交叉。像宇宙中所有的大体一样，它一面前进，一面自转。

"咦，"米歇尔·阿尔当嚷道，"这是什么玩意儿？另一颗炮弹吗？"

巴比康并没有回答他的问题。这个庞然大物的出现让他既惊讶又害怕。炮弹很可能与它相撞，那会带来无法挽回的严重后果，或者炮弹偏离轨道，或者碰撞阻止了炮弹的冲力，迫使它掉回地球上，还有一种可能，那就是受到小行星引力的影响，绕其运行。

巴比康立刻意识到，不管哪一种设想成立，都必将导致他的试验失败。他的同伴们此时也无言地望着太空。随着距离的拉近，小行星越变越大，由于视错觉，他们感觉炮弹正径直朝小行星飞去。

"上帝呀！"米歇尔·阿尔当大声叫道，"两列火车要相撞了。"

三人本能地向后躲。他们被吓坏了，但他们的惊恐只持续了几秒钟，转瞬即逝。小行星在他们前面几百米的地方飞过，没了踪影，不过这可不是因为它飞得很快，而是背对月亮的一面很快就与黑暗融为一体。

"一路顺风！"米歇尔·阿尔当长舒了一口气，"看来，宇宙还是不够大，就连一颗可怜的小炮弹也不能放心地在里面散散步！"

"这个自命不凡的圆球是从哪里冒出来的，竟然差点撞到我们？"

"我知道。"巴比康回答道。

"我的上帝，你怎么什么都知道。"

"这只是一个普通的流星，只不过因为体积巨大，受到地球引力的影响，成了一颗卫星。"

"这可能吗？"米歇尔·阿尔当大声说，"那地球不是像海王星一样有两个月亮了吗？"

"是的，我的朋友，虽然人们通常都认为只有一个月亮，但其实有两个。只不过这一个体积小，速度又如此之快，地球上的居民无法看到它。法国的一位天文学家，珀蒂先生，通过观察大气扰动，才断定这颗卫星的存在并算出了它的成分。按照他的观察，这个火流星绕地球旋转一周只需三小时二十分钟，因此也可以看出它的速度有多么惊人。”

“所有的天文学家都承认这颗卫星的存在吗？”尼切尔问道。

“不是，”巴比康回答说，“但假如他们像我们一样，亲眼见到了这颗小行星，他们就不会再怀疑了。实际上，我在想，这颗险些撞到我们，给我们带来麻烦的流星倒可以帮助我们确定在太空中的位置。”

“为什么？”阿尔当问。

“因为我们知道它与地球的距离，从我们与它相遇的那一点来算，我们如今距离地球表面八千一百四十公里。”

“已经两千多法里啦！”米歇尔·阿尔当喊道，“这可比那个我们称之为地球的可怜星球上的快速列车快得多！”

“的确如此，”尼切尔一边说着，一边看了看马表，“如今是十一点整，我们已经离开美洲大陆十三分钟。”

“只有十三分钟吗？”巴比康问道。

“是的，”尼切尔回答说，“假如我们一直保持十一公里每秒的初始速度的话，一小时就是一万法里。”

“一切都很顺利，我的朋友们，”主席说道，“但还是那个不能解决的老问题，为什么我们没有听到爆炸声呢？”

想不出答案，大家都没再说话。巴比康一边想着，一边将另一侧舷窗的舷窗盖降了下来。他刚做完这个动作，明亮的月光立刻透过玻璃照射进来，洒满了舱内的每一个角落。尼切尔是个很节约的人，立刻熄灭了不再起作用的煤气灯，再说煤气灯的灯光也会妨碍他们观察太空。

没经过地球大气层过滤的月光，是如此的明亮而纯净。透过舷窗照射进来，整个弹舱内都闪耀着银色的光辉。在漆黑的苍穹的衬托下，月亮显得更加的皎洁。不过在光线无法传播的太空里，它并没有掩盖住周围繁星的光华。天空，以另一种人眼无法臆断的全新面貌展现在他们的面前。

因此，我们也可以想象，这三位勇士，是怀着怎样的心情，欣赏着这个"黑夜天体"，他们旅行的终点。此时，月球正沿着自己的轨道，慢慢地接近天顶，按照数学计算，它将在九十六个小时之后到达那里。虽然它的山脉、平原、峡谷不再像在地球上观察的那样清楚，但在太空中，它是如此的光芒四射，恰似明镜闪耀。而对于正在他们脚下飞逝而去的地球，乘客们早已忘得一干二净。

还是尼切尔船长，首先想到了身后的地球。

"是啊，"米歇尔·阿尔当回答道，"我们可不能忘恩负义。既然我们离开了故土，我们应该看它最后一眼。我要一直看着它，直到它从我的视线消失为止。"

为了满足同伴的心愿，巴比康忙着打开位于弹舱底部的舷窗，从那儿可以直接看到地球。不过，炮弹发射时降到舱底的活动板拆起来并不容易，巴比康将它们一块块拆下，靠舱壁放好，也许今后还能用得着。底部的圆形舷窗随即显露出来，直径有五十厘米，上面镶着十五厘米厚的玻璃，被铜框加固，底下还有一层用螺钉固定的铝板。巴比康拧下螺帽，铝板随即降下，舱内外的视觉联系建立了起来。

米歇尔·阿尔当跪在窗边，窗外一片漆黑。

"嗨，"他嚷道，"地球呢？"

"那不是地球吗？"巴比康说。

"什么？就这窄窄的一条，像个银色的'月牙儿'似的？"阿尔当不以为然。

"很明显了，米歇尔，四天后，满月时，也就是我们到达月球的时候，地球就会变成'新月'。它会像'纤细的月牙儿'，然后很快就会消失。一连几天躲在无尽的黑暗中，不见踪影。"

"地球！会这样？"阿尔当一边念叨着，一边盯着那已经变成细细月牙儿的他的故乡星球。

巴比康主席的解释是对的。从炮弹的角度看，地球已经进入"下相"。他们如今所能看到的，只是一个八分之一的弧面，仿佛一弯新月，悬挂在漆黑的夜空。由于环绕着厚厚的大气层，地球发出青色的光，但没有真正的新月那样亮。地球"新月"体积硕大，好似挂在苍穹的一把巨型弓箭。上面的一些地方相当明亮，特别是凹面上的几点，说明那是高山。但与月球不同的是，这些亮斑动不动就被一些厚厚的阴影遮住了，这是环绕地球的云层。

然而，就像月球八分之一弧面受光时一样，他们仍可以看到整个地球的轮廓，这是一种自然现象。地球像是一个灰白的圆盘，但没有月球灰光那样清晰。原因很简单：产生月球灰光的原因是因为地球将太阳光反射到月球上；如今恰恰相反，是月球将太阳光反射到地球上。但由于地球的体积大，它反射的光比月亮的要亮大概十三倍之多。所以，地球灰光要比月球灰光暗一些，这是由两个星球的反射能力的不同所决定的。另外，地球下弦期的弧面仿佛比球面还要长，这纯粹是光渗作用的结果。

就在这三个旅行者透过深不可测的黑暗进行观察的时候，一阵流星雨突然在他们的眼前绽放。几百颗流星一接触大气层便燃烧起来，它们拖着长长的闪亮的尾巴，在灰蒙蒙的地球上划过一道道闪亮的痕迹。如今地球正处于近日点，而且十二月的流星特别多，按照天文学家的计算，甚至达到过一小时两万四千颗。但米歇尔·阿尔当才不管什么科学道理，他更同意相信这是地球在燃放礼花，为她的三个孩子送行。

反正，关于渐渐湮没在黑暗里的地球，这是他们所看到的一切了。地球只是太阳系的一颗小星体，对于那些大行星来说，它不过是一颗普通的晨星或晚星罢了，每天从一边升起，又从另一边落下。不过，虽然它只是宇宙中忽隐忽现的一颗小星星，如今他们所能看到的也只是模模糊糊的"新月"，不过那里的确留下了他们所有美好的回忆！

三个人怀着同样的心情默默地注视着地球，许久许久。与此同时，炮弹正以匀减速飞快地前进着。过了一会，无法抗拒的睡意向他们袭来，不知是因为身体的劳累还是精神上的疲劳？的确，在地球上高度亢奋地度过了几个小时，他们也该困了。

"好吧，既然困了，咱们就睡吧！"米歇尔说。

三个人躺在床垫上，很快就入睡了。

不过，他们刚睡下一刻钟，巴比康就突然坐起来，兴高采烈地叫醒他的同伴。"我知道了！"他叫道。

"你知道什么了哦?"米歇尔从床上跳起来,问他道。

"我知道为什么我们没有听到爆炸声了!"

"为什么?"尼切尔问他。

"因为炮弹的速度比声音的速度快得多!"

第三章　弹舱内部

这个解释虽有些奇怪,但完全正确。三人清楚了原因,又沉沉地睡了过去。他们到哪儿还能找到比这儿更安宁、更适宜睡觉的地方呢?在地球上,不管你是在城市的房屋还是乡村的茅舍,地壳的任何运动都会影响到你。在海上,船只在海浪中飘摇。在空中,受到不同密度气层的影响,热气球也是摇摆不定。而弹舱处在肯定的真空中,拥有肯定的平静,舱内的乘客也会得到肯定的休息。

所以,12月2日早上将近七点钟的时候,也就是发射后的第八个小时,要不是被意外的声音吵醒,这三位冒险家说不定会一直睡下去。

是奇怪的狗吠声。

"狗儿们,这是狗儿的叫声。"米歇尔·阿尔当急忙起来。

"它们饿了。"尼切尔说道。

"上帝!我们把它们忘到一边了。"米歇尔说。

"它们在哪儿嘛?"巴比康问道。

他们找啊找,终于发现有一只蜷在沙发底下。它被这一次震动吓坏了,一直缩在角落里,直到饿了才有力气叫出声来。

原来是可爱的狄安娜。米歇尔用尽了甜言蜜语去鼓励它,它才羞羞答答地从沙发底下走出来。

米歇尔说:"出来吧,狄安娜,我的女儿!你可是犬类历史上的骄傲啊!那些异教徒会将你视为大神阿努比斯①的伴侣,而基督教徒会将你看

_____

①　阿努比斯是埃及十二诸神之一,是帮助死者通往地下世界的神。相传,他因发明了制作干尸的方法而受到崇拜。

作圣罗克①的朋友。朱庇特的一只狗狗换得欧罗巴女神的一吻，假如地域之神会为你打造铜像，你也当之无愧。你的声名会超过蒙达尔纪义犬②和圣伯纳犬③。你勇敢地飞向太空，说不定会成为月球犬类的'夏娃'。你将说明图斯内尔④的那句话：'世界之初，上帝制造了人类，又看人类如此脆弱，便赐给他了狗。'出来吧，狄安娜，过来。"

　　不知是不是他奉承的话起了作用，狄安娜慢慢地走了出来，可怜地叫着。

　　"好，夏娃找到了，但是亚当呢?"巴比康问道。

　　"亚当，"米歇尔回答说，"亚当不会跑远，一定就在附近。要唤唤它。卫星! 过来，卫星!"

　　卫星始终没有出来。狄安娜不停地呻吟着。但他们发现它并没有受伤，吃了一些好吃的之后，它终于平静下来。

　　卫星还是不见踪影。大家找了很久，最后终于在炮弹顶部的一个地方找到了它，简直不可思议，炮弹发射时的后座力竟然把它抛到了那里。这个可怜的家伙伤得挺重，看起来很凄惨。

　　"该死!"米歇尔说，"这是我们让地球生物适应月球计划的受害者。"

　　他们小心翼翼地把不幸的卫星抱了下来。它的头撞到了舱顶上，伤势似乎很难好转。虽然如此，但他们还是让它躺在舒适的垫子上，它叫了一声，好似一声叹息。

　　"我们会把你治好的，"米歇尔说，"我们要对你的生命负责。我情愿用我的一只胳膊换可怜的卫星的一个爪子。"

　　他一边说着，一边喂了卫星几口水，卫星贪婪地喝着。

　　将狗儿安顿好，他们继续仔细观察地球和月亮。地球还是像一个一端

---

　　①　圣罗克（1295—1327），为治疗鼠疫病人而献身。他曾在荒野里病倒，是一只狗救了他。

　　②　查理五世时代，这只名叫蒙达尔纪的义犬认出了杀害主人的凶手，并与之决斗，最后凶手终于承认了罪行，被判处绞刑。

　　③　圣伯纳犬因为守护那些穿越危险的阿尔卑斯山山道的旅客而闻名。18世纪，修道院的教士们饲养此犬作为险山中的向导，寻找迷路失踪的人并使之苏醒。

　　④　阿尔方斯·图斯内尔（1803—1885），法国新闻记者、作家。

呈月牙儿状灰色圆盘，只不过月牙儿比前夜又缩小了一点。与愈来愈圆的月亮相比，地球还是显得那么硕大。

看到此种情形，米歇尔·阿尔当说道："我真的很生气，我们为什么不在地球'月圆'时，就是地球正对着太阳的时候出发呢？"

"为什么这么说？"尼切尔问道。

"因为那样我们就可以在太阳升起的时候看到陆地和海洋，陆地在阳光的照射下熠熠发光，而海洋的颜色会更加深暗，就像我们在一些地球仪上试验的那样！而且我很想看看地球的两极是什么样子，人类的足迹还从没到过那里。"

"有可能，"巴比康回答说，"可是假如地球是'满月'，月球就是新月，没有太阳光反射到月球上，我们也就看不到它。所以，与其看到我们的出发地，不如看到目的地更好一些。"

"你说得很有道理，巴比康，"尼切尔接着说道，"况且我们到了月球以后，趁着漫长的'月球黑夜'，我们有很多时间悠闲自在地观察我们的同类聚居的星球。"

"我们的同类？"米歇尔·阿尔当喊道，"可是如今他们不再是我们的同类了，月球人也不是我们的同类！我们如今居住在一个新世界，只有我们三个居民，这就是我们的炮弹！我是巴比康的同类，巴比康是尼切尔的同类。除了我们之外，就没有人类，我们是住在这个小世界里的唯一居民，直到我们成为普通的月球人为止。"

"还剩八十八个小时啦！"尼切尔反唇相讥。

"也就是说……"米歇尔·阿尔当问道。

"也就是说如今已经八点半了。"尼切尔回答道。

"好吧，我实在找不出什么能阻止我们马上用餐的理由。"米歇尔说。

的确，这颗"新星"上的居民们需要吃饭才能活下去，他们的胃还受着专横的饥饿法则的控制。身为法国人的米歇尔·阿尔当宣布自己是主厨，而另外两人很明显也不会跟他竞争这么重要的职位。煤气灯的热度足够烹调使用，食物箱里有着他们第一次"盛宴"所需的各种食物。

他们的早餐以三杯美味的肉汤开始，这是由潘帕斯牛肉最肥美的部分制成的名贵的李比希①片，融在热水中形成的。喝过肉汤之后，他们开始享用由水压机压缩而成的牛排，但它相当鲜嫩多汁，简直像英国咖啡馆里烹制出来的。米歇尔真是个想象力丰富的人，竟然说这些牛排还是带血的呢！

牛排之后，是罐装的蔬菜，可爱的米歇尔认为这比新鲜的蔬菜还好吃。最后是美国式的茶和黄油面包片。这醇香的茶由顶级茶叶冲泡而成，俄国皇帝送给他们的这种茶叶还有几箱。

为了给这顿盛宴画个完美的句号，阿尔当还拿出了一瓶夜丘葡萄酒②，他声称这是他"偶然"在储物间里发现的。三位好朋友为了地球和月球的和平而干杯。

太阳仿佛认为它在勃艮第山坡上酿出如此美味的葡萄酒还不够助兴，硬是要亲自参加他们的盛宴。此时，炮弹飞离了地球所投下的圆锥形阴影区，由于地球轨道和月球轨道的交角的存在，绚丽的阳光直接照在了弹舱底部。

"太阳！"米歇尔·阿尔当大叫。

"是啊！"巴比康说，"我正等着它呢。"

"可是地球在太空中投下的锥形阴影区不会延伸到月球的另一侧吗？"米歇尔问。

"假如我们不考虑大气层折射作用的话，阴影区可以延伸到月球另一侧很远的地方，"巴比康说，"不过当月亮进入阴影区时，也就是太阳、月亮、地球的中心在一条直线上的时候。黄道与白道相交，又恰逢月圆，就会发生月食。假如我们在月食时出发，那么整个旅途就会在黑暗中完成，那就太不方便了！"

"为什么？"

"因为，虽然我们在真空中飞行，但我们的炮弹会一直沐浴在阳光之中，会接受它的光与热。也就节省了煤气，煤气对我们来说是十分

---

① 李比希（1803—1873），德国伟大的化学家，对无机化学、有机化学、生物化学、农业化学都作出了卓越的贡献。

② 法国勃艮第地区出产的葡萄酒。

宝贵。"

的确，没有了大气层的阻挡，太阳光照得弹舱里无比的明亮和温暖，仿佛从冬天直接过渡到了夏天。月亮和太阳一个在上，一个在下，整个炮弹被包围在一片光芒之中。

"这儿的气候不错啊！"尼切尔说。

"我也这么想。"米歇尔·阿尔当说道，"假如在我们的铝制星球上撒一层繁殖土的话，青豌豆一天就能长起来。我只害怕一件事，弹壁不会被烤化了吧？"

"放心吧，我尊敬的朋友，"巴比康回答说，"穿过大气层时，温度要高得多，弹壁都没问题。假如当时佛罗里达州的人们看到炮弹变成一颗燃烧的流星，我也不会感到惊讶。"

"假如是那样，马斯顿肯定认为我们被烤焦了。"

"让我奇怪的是，我们并没有被烤焦。不过我们应该预计到这种危险的。"

"我想到了。"尼切尔老实地承认。

"可你什么都没对我们说，我的船长。"米歇尔抓住尼切尔的手叫道。

这时，巴比康开始着手布置"弹舱"，仿佛他要在这儿一直住下去似的。我们还记得这个"炮弹车厢"底部面积是五十四平方英尺。底部到舱顶的高度是十二英尺。内部布置巧妙，旅行中所需要的器械和容器都有专门的地方存放，舱内并不显得拥挤，三位主人可以自由活动。弹舱底部的厚玻璃承重能力很强，巴比康和他的同伴们就像走在金属板上一样；阳光透过玻璃直射进来，从舱底将整个弹舱照亮，产生奇特的视觉效果。

首先，他们检查了水箱和食物储藏箱。由于防震装置的作用，这些容器都没有受到损坏。食物充足，够他们三人吃整整一年。巴比康害怕他们万一降落到月球的贫瘠地区，缺少食物，所以提前做好了准备。至于水和烧酒，只有五十加仑，够他们喝两个月的。因为按照天文学家的最新发现，月球上有一层很低、很厚、密度很大的大气层。至少深谷里肯定如此，所以那里必然会有河流，水源应该不成问题。所以，在旅行期间和他们在月球定居的第一年，三位勇敢的探险家不会受到饥饿和口渴的威胁。

接下来是舱内空气的问题。这也是万无一失的。制造氧气的赖泽[①]和勒尼奥[②]装置所需的氯酸钾足够两个月用的。它还要消耗一定量的煤气，因为制造氧气原料的温度必须保持在四百度以上。不过，煤气的储藏也相当丰富。除此之外，这个装置是全自动的，不太需要人看管。在高温作用下，氯酸钾转化成氯化钾，同时释放出氧气。然而，十八磅氯酸钾能产生多少氧气呢？能够制造七磅氧气，足够炮弹的三位主人日常所需。

不过，只更新消耗的氧气是不够的，还必须吸收呼出的碳酸气体。然而，在这十二小时里，弹舱内已经积满了这种有害气体，这是血液中的物质与吸入的氧气结合后燃烧所释放出来的。尼切尔看到狄安娜呼吸困难，才发现了舱内的空气状况。原来，由于重量原因，碳酸气体都聚集在弹舱底部，这与伟大的狗岩洞[③]现象如出一辙。可怜的狄安娜头的位置低，自然比它的主人提前感到了这种气体所带来的痛苦。尼切尔赶忙采取补救措施。他拿出几个盛着苛性钠的容器，摇了一会儿，放在弹舱底部，这种物质易吸收碳酸气体，不一会就把有毒气体吸收干净，净化了舱内的空气。

然后，他们开始盘点仪器。除了一个最低温度计的玻璃碎了之外，其他温度计和气压计都完好无损。他们将一个精良的无液气压计从絮了棉花的盒子中取出，挂在舱壁上。很明显，它只能测量和显示舱内的气压，还有舱内空气湿度。如今它的指针在 765 到 760 毫米之间摇摆。"气候"还不错。

巴比康带的几只指南针也都没有损坏。不过如今这种环境下，他们的指针都已经"疯了"，失去了固定的方向。如今炮弹与地球的距离太远，地球的磁极对指南针没有任何影响。不过运到月球上以后，它们也许可以

---

① 儒勒·赖泽（1818—1896），法国化学家、农学家。
② 亨利·维克多·勒尼奥（1810—1878），法国伟大的化学家、物理学家。
③ 法国鲁瓦亚地区一个火山岩洞。

测出一些特殊现象。不管如何，能够证实地球的卫星是不是也像地球一样受到磁力的影响，总归是一件有趣的事。

还有用来测量月球山脉高度的沸点测高计，测量太阳高度的六分仪和大地测量学使用的经纬仪，用来测绘平面图和测量与地平线的角度。很明显，还有靠近月球时必不可少的望远镜。他们将所有这些仪器都仔细检查了一遍，虽然发射时后座力很大，它们却都安然无恙。

接下来是检查各种容器、镐、鹤嘴锄和其他一些工具，这都是尼切尔专门挑选的；还有盛放各种植物种子的口袋，米歇尔·阿尔当打算移植到月球上的一些灌木，它们都堆在弹舱顶部的角落里，那里如今差不多成了仓库，堆满了这位"喜欢挥霍"的法国人的各种东西。大家不知道都有些什么，这个整天乐呵呵的大男孩对此也只字不提。时不时的，他就会踩着固定在舱壁上的扣钉爬上他的小仓库视察一番。挪挪这，动动那，还会快速地将手伸进一些神秘的箱子里，一边还极其走调地唱着一些法国老歌，弹舱里的气氛也随之轻松起来。

巴比康很高兴看到他的火箭和其他喷火设施都完好无损。当炮弹通过引力平衡点以后，受到月球引力的影响，会掉到月球上，而这些装足燃料的火箭可以减缓炮弹降落时的速度。不过，由于月球和地球的质量不同，炮弹降落的速度是地球上物体降落速度的六分之一。

检查的结果令大家十分满意。于是他们又来到舷窗边继续观察太空。

窗外景色依旧。明亮的星星和星座布满苍穹，如此美景必会让天文学家为之痴狂。一面是失去了圆晕的太阳，它那光辉夺目的圆盘好似火光熊熊的炉口，在天际燃烧。另一面，月亮在星辰的世界岿然不动，反射着太阳的火焰。还有地球，那浓重的阴影像是苍穹上的一个洞口，半边还镶着银色的花边。这儿那儿，一团团星云犹如片片由无数星星构成的巨大雪花；一条繁星交织的白色缎带从天顶直泻天底，这就是银河，而太阳，只是其中的一颗四等星。

任何华丽的词藻都无法描绘这壮丽的景色，三位观察者更是无法移开他们的视线。这样的一幕会带给他们怎样的思考和触动啊！有感于此，巴比康决定开始记录他们的旅行印象，从他们准备开始进行这个实验的时候起，每一个小时都发生了什么，他全都记录在案。他用他那粗大方正的字体静静地写着，用的是略带商业性质的文体。

同时，"计算器"尼切尔先生开始重新研究他的轨道公式，以无与伦比的娴熟计算着每一组数据。米歇尔·阿尔当呢，一会儿跟从来不回答他的巴比康聊两句，一会儿又跟听不见他在说什么的尼切尔唠叨唠叨，忽又转向狄安娜，可它却听不懂他在说什么，于是，他只有跟他自己聊了，自问自答，走来走去，考虑着每一个细节，一会儿弯腰在弹舱底部的舷窗上望望，一会儿又爬上了舱顶，时不时还低声唱两句。在这个小小的世界里，他将法国人的多动和喋喋不休展现得淋漓尽致，他是法国人当之无愧的杰出代表。

一天，或者更准确地说，在地球上代表一天的十二个小时过去了，三位旅行者享用了一顿精心准备的丰盛晚餐。没有任何的突发事件可以动摇三位旅行者的信心。怀着对成功的渴望与决心，他们平静地入睡了，而炮弹正以匀减速运动，在太空中运行。

第四章　学点代数

一夜平安无事。不过"夜"这个字用得不太确切。

相对于太阳，炮弹的位置没有什么变化。从天文学的角度看，弹舱底部处在白天，弹舱上面的部分是夜晚。在我们的叙述里所用到的"白天"与"黑夜"，表示的是和地球上的日出和日落同等的时间跨度。

三位乘客睡得相当安稳，虽然炮弹在极速前进，但里面的人却感觉它是静止不动的。没有任何响动说明炮弹正在太空中飞行。当物体在真空里移动，或者周围的空气与物体一起移动时，不管速度有多大，都不能被人的机体感觉到。哪位地球上的居民会留意到地球正以每小时九万公里的速度运动呢？运动，在这种状况下，跟静止所带来的感觉是一样的。所以，运动对物体没有丝毫的影响。一个静止的物体，假如没有外力推动的话，将永远保持静止。一个运动的物体，假如没有任何外力阻拦的话，会永远运动下去。这种运动与静止的不变性，被称为惯性。

被关在弹舱里的巴比康和他的同伴们，可以认为他们正处在肯定静止状态。而且，就算他们在炮弹的外面，其效果也是一样的。假如不是月亮愈来愈大，他们真会以为炮弹根本就是静止的。

12月3日早晨，三个人被一个意外的欢快的声音吵醒。弹舱里有一只公鸡在打鸣。

米歇尔·阿尔当赶快起来，爬到弹舱顶部，将一只半开的箱子盖好。

"给我闭嘴！"他低声说道，"你这个蠢东西会让我的计划破产的！"

不过，尼切尔和巴比康还是醒了。

"有一只公鸡？"尼切尔问道。

"不，不，我的朋友们，"米歇尔赶紧回答道，"是我想用这乡间练声曲叫你们起床呢。"

一边说着，他又咯咯咯咯地叫了起来，声音响亮极了，活像一只骄傲的大公鸡。

两个美国人忍不住哈哈大笑。

"你真的很有才华。"尼切尔用怀疑的眼光看着他说。

"对啊，"米歇尔回答道，"法国人经常开这种玩笑的，有高卢之风。就算是上流社会，也常常会这样学鸡叫。"

说完这些，他连忙转移了话题。"巴比康，"他说，"你知道昨晚我一直在想些什么吗？"

"不清楚。"巴比康回答。

"我在想我们剑桥的朋友们。你知道，对于数学问题我一向是一窍不通。我简直无法想像，天文台的学者们怎么能够算出炮弹的初速需达到多少才能最终抵达月球呢？"

"你是想说，"巴比康回答道，"要达到大概位于我们整个行程十分之九处的地球引力与月球引力的平衡点是吗？因为过了这一点，炮弹单凭其重力便可降落在月球上。"

"差不多吧！"米歇尔说，"可我还是那个问题，他们是怎么算出炮弹的初始速度的呢？"

"再简单不过了!"巴比康回答道。

"你也能算出来?"米歇尔·阿尔当问。

"很明显可以。假如不是天文台帮我们省去了这个麻烦,我和尼切尔也可以算出来。"

"好吧,我的巴比康老兄,"米歇尔说,"就算是把我的头割下来,从脚开始割,我也算不出来。"

"那是因为你不懂代数。"巴比康平静地回答说。

"瞧,你们这些以 X、Y 为生的人都一样,总是认为代数可以解决一切。"

"米歇尔,"巴比康驳斥说,"你相信打铁可以不用锤子,耕田可以不用犁吗?"

"不相信。"

"那就是了,代数也是一个工具,就像犁和锤子一样,不过对于会使用的人而言,这可是好工具。"

"是真的吗?"

"确凿无疑。"

"你能当着我的面操作一下这个工具吗?"

"很明显,假如你感兴趣的话。"

"让我看看怎样能够算出我们'车厢'的初速。"

"好的,我尊敬的朋友。只要列出这个问题的所有参数,如地心与月心间的距离、地球的半径、地球的质量、月球的质量,列一个简单的方程式,我就可以准确地算出炮弹的初速。"

"那你把等式列出来看看。"

"你马上就能看到。不过,我不能给你画出炮弹在地球和月球间飞行的曲线,因为这两个天体也在绕太阳运行。哦,不,我们假定两个天体是静止的就可以了。"

"为什么?"

"因为积分学还不能解释这个问题,我们所采用的解决办法被称为'三体问题'。"

"瞧瞧，"米歇尔·阿尔当挖苦道，"数学也有解决不了的问题啊！"

"很明显。"巴比康说。

"也许月球人的积分学比我们更先进呢！顺便问一句，什么是积分学？"

"一种与微分学相反的运算方法。"巴比康严肃地回答道。

"谢谢。"

"也就是说，我们可以通过数的微分求得数的有限量。"

"这句话还清楚些。"米歇尔看起来很满意。

"如今，"巴比康又说道，"给我一张纸，一枝铅笔，半个小时之内我就能够列出等式。"

话音刚落，巴比康就全神贯注地开始工作，尼切尔则继续观察太空，由他的同伴米歇尔去准备早饭。

半个小时还没到，巴比康抬起头，将一张写满了代数符号的纸拿给米歇尔看，上面有一个总公式：

$$\frac{1}{2}(v^2 - v_0^2) = gr\left\{\frac{r}{x} - 1 + \frac{m'}{m}\left(\frac{r}{d-x} - \frac{r}{d-x}\right)\right\}$$

"这是什么意思呢？"米歇尔问。

"意思就是，"尼切尔回答道，"v 方与 v 零方之差的二分之一，等于 gr 乘以大括号 x 分之 r 减一加上 m 分之 m 撇乘以小括号 d 减 x 分之 r 减去 d 减 r 分之 r 小括号大括号……"

"x 骑着 y，y 又骑着 z，z 又爬上了 p，"米歇尔大笑着说道，"船长，你能看懂这玩意儿吗？"

"完全明白。"

"很明显喽！"米歇尔说，"这是一目了然的事？我可不必再问什么了。"

"总是没正经！"巴比康说道，"你想要学代数，可够你学一阵子的！"

"还不如把我吊死算了。"

"实际上，"尼切尔内行地看着公式说道，"我觉得这个公式列得很好，巴比康。通过这个动能的等式，我相信我们能得到想要的答案。"

"我也想弄清楚！"米歇尔嚷道，"哪怕是要以尼切尔十年的寿命为代价，我也要弄清楚。”

“那就听好，”巴比康说，“v 方与 v 零方之差的二分之一代表着动能变化的二分之一。”

“尼切尔也清楚这是什么意思吗？”

“很明显了，米歇尔，”船长回答道，“这些符号虽然看起来晦涩难懂，但对于内行人来说，却是最清楚、最明了、最符合逻辑的语言。”

“你认为，尼切尔，”米歇尔问道，“通过这些比埃及白鹳①还难懂的象形文字，你就能算出炮弹应具的初速吗？”

“不错，”尼切尔回答道，“而且通过这个方程式，我还可以算出炮弹在任意一点的速度。”

“你确定？”

“我确定。”

“也就是说，你和我们的主席一样聪明喽？”

“不，米歇尔。巴比康所做的要难得多。因为要列出一个方程式，需要考虑这个问题的所有参数。我要做的只是算术，懂得四则运算法则就足够了。”

“这已经很厉害了！”米歇尔·阿尔当说道，因为他这辈子从来就没有做对过一次加法运算，于是，他得出这样的结论：加法就像是中国的七巧板一样，可以得出很多不同的答案。

可是，巴比康却认为假如尼切尔仔细思考，一定也会列出这个等式的。

“我不这么认为，”尼切尔说，“因为我越是研究这个等式，越觉得其中的精妙。”

“如今听我说，米歇尔，”巴比康对他那位对此一窍不通的同伴说道，“你会发现等式里的每一个字母都有它的含义。”

“洗耳恭听。”米歇尔一脸顺从的样子。

“d 代表地心到月心的距离，”巴比康解释道，“因为计算引力须从天

---

① 白鹳是古埃及的神鸟。

体的中心算起。"

"这点我清楚。"

"r 代表地球的半径。"

"r，半径。赞成。"

"m 表示地球的质量；m 撇是月球的质量。既然引力是与质量成正比的，所以两个天体的质量我们也需考虑进来。"

"这是肯定的。"

"g 代表重力常数，也就是物体在地球上每秒下落的速度。清楚吗?"

"相当清楚。"

"如今，我用 x 表示炮弹与地球间的不断增大的距离，v 代表在这个距离上的速度。"

"好嘛。"

"最后，等式中的 v 零表示炮弹在穿过大气层后的速度。"

"其实，"尼切尔说道，"我们要计算的就是这一点上的速度。因为我们已经知道炮弹的初速是炮弹穿过大气层后的速度的 1．5 倍。"

"这我就不太清楚了。"

"可是这很简单啊!"巴比康说道。

"对我来说可不那么简单。"米歇尔说。

"也就是说，当我们的炮弹穿过大气层后，它的速度已经降到了初速的三分之二。"

"只有这么多?"

"是啊，我的朋友，这是炮弹与大气层摩擦造成的。你是知道的，炮弹的速度越快，它所受到的空气的阻力也就会越大。"

"这我知道，而且也清楚。"米歇尔回答说，"不过你的 v 方与 v 零方之差还是像天书一样搞得我很迷糊。"

"这就是初学代数的人的感觉。"巴比康继续回答说，"如今，为了得出结果，我们要带进这些字母相应的数值，也就是说，带进已知项。"

"我已经迷糊了。"米歇尔回答道。

"在这些字母中，有一些是已知的，还有一些是要运算的。"巴比康说。

"我负责计算出那些未知的。"尼切尔说。

"我们先来看 r，"巴比康又说道，"r 代表的是地球的半径，从佛罗里达州的纬度来算，也就是我们出发的地方，为六百三十七万米。d 代表地心到月心的距离，是地球半径的五十六倍，也就是……"

"也就是三亿五千六百七十二万米，"尼切尔飞快地算出了结果，"这是月圆时，也就是月球处于近地点时，地心与月心的距离。"

"很好，"巴比康说道，"如今是 m 分之 m 撇，也就是月球质量与地球质量之比，等于八十分之一。"

"清楚。"米歇尔说。

"g 表示重力常数，在佛罗里达州的重力为九点八一米，那么 gr 等于……"

"六千两百四十八万六千平方米。"尼切尔接着说道。

"那如今呢?"米歇尔·阿尔当问。

"既然字母的数值都已算出，"巴比康回答说，"如今我要算出 v 的值，也就是炮弹在穿过大气层后到达引力平衡点时的速度。因为此时的速度为零，我假定 v 等于零，那么 x，也就是平衡点与地心的距离，为 d 的十分之九。"

"我模模糊糊地觉得大概是这样的。"米歇尔说。

"既然 x 为 d 的十分之九，v 又等于零，我们便可以得出如下等式……"

巴比康飞快地写了出来：

$$v_0^2 = 2gr\left\{1 - \frac{10r}{9d} - \frac{1}{81}\left(\frac{10r}{d} - \frac{r}{d-x}\right)\right\}$$

尼切尔贪婪地看着这个公式，大声说道："就是这样，就是这样。"

"明白吗?"巴比康问道。

"字字清楚，让人过目不忘。"尼切尔回答道。

"很诚实的人啊!"米歇尔小声感叹道。

"如今你明白了吗?"巴比康问他。

"我要是能够明白就好了!"米歇尔·阿尔当嚷道，"不过，到那时我的脑袋就会开花的！"

"所以，"巴比康又说道，"v 零方等于二 gr 乘以一减九 d 分之十 r 减去八十一分之一乘以 d 分之十 r 与 d 减 r 分之 r 的差。"

"如今，"尼切尔说道，"只需运算便可得出炮弹穿过大气层后的速度了。"

话音刚落，船长便以惊人的速度开始了计算，真不愧为对各种难题都能应付自如的实践家。乘乘除除在他的手下慢慢展开，数字布满了白色的纸面。巴比康认真地看着，而米歇尔·阿尔当却已经感到头痛，双手按着脑袋。

几分钟后，巴比康问道："如何？"

"非常好，"尼切尔回答说，"经过运算，v 零，也就是炮弹要达到引力平衡点，穿过大气层后应有的速度应该是……"

"是多少？"

"应该是一万一千零五十一米每秒。"

"什么？"巴比康跳起来，叫道："你是说……"

"一万一千零五十一米。"

"见鬼！"主席大声说道，做了一个失望的动作。

"怎么啦？"米歇尔·阿尔当惊讶地问他道。

"我怎么啦？由于摩擦，这个速度是初速的三分之二啊，那么初速应该是……"

"一万六千五百七十六米每秒！"尼切尔回答道。

"剑桥天文台却说一万一千米每秒的初速就可以了，这就是我们的炮弹发射时的速度啊！"

"也就是说？"尼切尔问道。

"也就是说这个速度还不够！"

"该死！"

"我们到不了引力平衡点了吗？"

"真该死！"

"我们甚至连一半的路程都完不成！"

"以炮弹的名义!"米歇尔·阿尔当跳了起来,叫道,仿佛炮弹马上就要撞到地球上似的,"我们会掉回到地球上去!"

第五章 寒冷的太空

这个结果犹如晴天霹雳。谁料到会出现这样一个计算错误呢?巴比康不愿相信,尼切尔重新检查了他的那些数据,准确无误。至于运算公式的准确性更是毋庸置疑。他们重新校对了一遍,的确,要达到平衡点,第一秒内的初始速度一定要达到一万六千五百七十六米。

三位好友面面相觑,相对无言。还有谁有胃口吃早饭呢。巴比康双唇紧闭,眉头紧锁,两个拳头紧紧地握在一起,一言不发地望着窗外。尼切尔双臂抱在一起,检查着计算过程。米歇尔·阿尔当在小声嘀咕:"这些学者就是这样!就不会干别的!要是能掉回地球,掉到剑桥天文台,把它砸毁并砸死它里面那些只知道摆弄数字的人,我愿出二十个皮斯托尔①!"

船长忽然想起了什么,他马上告诉了巴比康。

"啊,对了!"他说,"如今是早上七点,出发到如今已经过了三十二个小时。我们已经走了一半的路程,可据我了解,我们并没有往下掉!"

巴比康没有说话。他看了船长一眼,拿起一只罗盘,开始测量与地球的视角。然后,他透过下部舷窗,仔细进行观察,还考虑到了炮弹的相对静止。随后站起身,抹去额头上滚动的汗珠,在纸上写下了一些数据。尼切尔清楚,主席是要从炮弹与地球的距离中减掉地球的半径。他焦急不安地注视着巴比康。

过了一小会,巴比康喊道:"不!不!我们不会掉下去的!我们与地球的距离已经超过五万英里!假如出发时的速度只有一万一千米每秒的话,炮弹早就应该停止前进,而如今我们已经过了它本该停下的那一点,

———————
① 法国古币名。

我们还在不断上升！"

"很明显，"尼切尔回答道，"因此看来，四十万磅火棉产生的推动力使得炮弹的初速早已超过要求的一万一千米。如今我清楚了，为什么距发射仅有十三分钟，我们便遇见距离地球两千多法里的第二颗卫星。"

"这种解释很有可能，"巴比康又说道，"因为当炮弹里的水从隔离层排出后，它的重量会骤然下降。"

"这太对了！"尼切尔说道。

"啊，务实的尼切尔，"巴比康喝彩道，"我们得救了！"

"好了，"米歇尔·阿尔当平静地回答道，"既然我们已经得救，吃早餐吧。"

的确，尼切尔并没有搞错。幸亏炮弹的初速超过了剑桥天文台要求的速度，虽然如此，但剑桥天文台的数据仍然是错误的。

虚惊一场之后，三位旅行者开始了愉快的早餐。他们胃口很好，聊得也很开心！代数风波之后，他们的信心有增无减。

"为什么我们不会成功呢？"米歇尔说道，"我们怎么可能到不了月球呢？发射已经成功。我们不会有任何障碍，任何绊脚石。比起在大海中颠簸的船只，比起要和大风抗争的热气球，我们的道路更加宽广。既然船儿可以任意航行，热气球也可以自在飞行，为什么我们的炮弹不能到达它的目的地呢？"

"它会到的。"巴比康说。

"就算是为了美国人民的荣誉也该如此，"米歇尔·阿尔当又说道，"只有美利坚民族才会有如此壮举，也只有这个民族能出现巴比康主席这样的人物！啊，我想起来了，既然如今我们再也没有什么好害怕的了，我们该干什么好呢？要不旅途该有多无聊啊！"

巴比康和尼切尔做了一个否认的手势。

"不过，我的朋友们，对此我早有准备了，"米歇尔·阿尔当又说道，"你们尽管开口，象棋、跳棋、桥牌、多米诺骨牌，你们要什么有什么！我们只缺了一个弹子房。"

"什么？"巴比康问道，"你把这些玩意儿都带来了？"

"很明显，"米歇尔回答说，"这些东西不但可以给我们解闷儿，以后还可以放在月球的咖啡馆里！"

"我的朋友，"巴比康回答道，"假如月球上有人的话，他们一定比地球人类早出现几千年，因为毋庸置疑，月球要比地球更加古老。所以，假如月球人早在几万年以前就出现了，而且他们脑袋的构造与我们的一样的话，他们早就发明了我们已经发明，甚至在接下来的几个世纪中将要发明的一切。我们不但没有什么好教给他们的，还要向他们学习呢！"

"什么！"米歇尔说，"你认为他们已经拥有了像菲狄亚斯、米开朗基罗或者拉菲尔那样的艺术家了吗？"

"就是。"

"像荷马、维吉尔、弥尔顿、拉马丁、雨果他们一样的诗人吗？"

"一定。"

"像柏拉图、亚里士多德、笛卡儿、康德他们一样的哲学家吗？"

"就是。"

"像阿基米德、欧几里德、帕斯卡、牛顿他们一样的科学家吗？"

"很明显。"

"像阿那尔一样的喜剧演员和像……像纳达他们一样的摄影师吗？"

"肯定。"

"那么，巴比康朋友，假如这些月球人和我们一样，甚至比我们更有本事的话，为什么没有试图与地球建立联系呢？为什么没有向地球发射一枚月球炮弹呢？"

"谁告诉你他们没有这样做呢？"巴比康严肃地问道。

"实际上，"尼切尔接着说道，"这对于他们来说更加容易。因为首先，月球表面的引力是地表的六分之一，发射炮弹更加容易；第二，他们只要把炮弹送到八千法里的高空，而不是八万法里，这样的话只需要我们发射力量的十分之一就够了。"

"那么我再重复一次：为什么他们没有这么做呢？"米歇尔问道。

"那我也再重复一次：谁告诉你他们没有这么做呢？"巴比康反问道。

"什么时候？"

"成千上万年前，在地球上还没有出现人类的时候。"

"那炮弹呢？炮弹跑到哪儿去了？让我看看？"

"我的朋友，"巴比康回答说，"地球表面的四分之三都被海洋所覆盖。所以，我们有理由设想，假如月球人真的发射了炮弹，它有可能已经沉没在太平洋或大西洋深处。抑或是在某个大峡谷，因为那时候地壳还没有完全形成。"

"我的巴比康老兄，"米歇尔回答说，"你真是无所不知，对你的智慧我五体投地。不过，我还有一个更好的设想：那些月球人既然出现得比我们早，也比我们聪明，可他们却没有发明火药。"

就在这个时候，狄安娜也加入了他们的谈话，它大声叫了两下，要求它的早餐。

"啊，"米歇尔·阿尔当叫道，"我们一直在探讨，却忘了狄安娜和卫星。"

于是，一份丰盛的食物被端到了狄安娜的面前，它大口地吃着，胃口很不错。

"你瞧，巴比康，"米歇尔说道，"我们的炮弹应该成为第二个诺亚方舟，把每种家畜都带一对到月球上去。"

"可能，"巴比康回答道，"但我们的地方不够。"

"那就挤一点嘛！"米歇尔说道。

"实际上，"尼切尔接着说道，"牛、奶牛、公牛和马，这些反刍类动物在月球上都会很有用。不幸的是，我们的空中车厢既不能变成马厩，也不能变成牛棚。"

"但至少，"米歇尔说道，"我们应该带一头驴，只是一头小驴子，这种又勇敢又有耐性的动物，连老西勒诺斯①都喜欢骑它。我也相当喜欢这些可怜的驴子。这种动物是所有生命中最不幸的。它活着的时候人们就抽打它，就连它死后，人们也不放过它。"

"这是什么意思呢？"巴比康问道。

---

① 希腊神话中的森林之神、酒神的老师。

"老天！"米歇尔大声说道，"因为人们用驴的皮做鼓啊！"

听了米歇尔稀奇古怪的解释，巴比康和尼切尔不禁大笑起来。但他们的笑声被他们快乐的同伴的叫声所打断。原来，米歇尔正在俯身察看卫星的窝，他站起身来说道：

"这下该对了嘛！卫星不会再受煎熬了。"

"你说什么？"尼切尔说道。

"是的，"米歇尔说道，"它死了……这下可不好办了，"他用悲凉的语气继续说道，"我可怜的狄安娜，我看你是不能在月球上传宗接代了。"

的确，不幸的卫星伤得太重了。它死了，真的死了。米歇尔·阿尔当垂头丧气地看着他的朋友们。

"有一个问题，"巴比康说道，"我们不能让卫星的尸体跟我们一起度过未来的四十八小时。"

"绝对不行，"尼切尔也说道，"但我们的舷窗都是由铰链固定的，可以打开。我们打开其中一扇将尸体抛入太空。"

主席想了一会后说道："是的，我们应该这么做。但要十分小心。"

"为什么？"米歇尔不解。

"有两个原因，你会明白的。"巴比康回答说，"第一个原因跟弹舱内的空气有关，应该尽可能减少它的损失。"

"不过空气是能够更新的啊！"

"只能更新一部分空气。我们只能更新氧气，我务实的米歇尔。对了，我们要小心，防止这个装置产生过量的氧气，那样会让我们的身体产生严重的不适。我们虽能更新氧气，却不能更新氮气，氮气只是载体，不会被肺吸收，所以它的量不会减少。不过，它会通过打开的舷窗迅速外溢。"

"噢，只需要一会儿的工夫，把可怜的卫星扔出去就行了。"米歇尔说道。

"是的，我们的行动必须迅速。"

"那第二个原因呢？"米歇尔问。

"第二个原因就是，不能让外面极度的寒冷进入舱内，不然我们会被活活冻死。"

"可是，太阳……"

"太阳会使我们的弹舱升温，是因为弹舱吸收了它的光线，不过它不会让我们正漂浮其中的太空升温。没有了空气，就没有热，因为热量是通过光线传播的，就像是天黑的地方就会很冷一样，因为太阳的光线不能直接照射到那里。温度是由太阳的光线产生的，也就是说，假如有一天太阳熄灭了，地球就会变得既黑暗又寒冷。"

"这一点倒不必担心。"尼切尔说道。

"谁知道呢？"米歇尔·阿尔当说道，"就算是太阳不会熄灭，地球说不定还会离开它呢。"

"是吗？"巴比康说道，"听听你的高见。"

"你们不是不知道，在1861年，地球穿过了一个彗星的彗尾。"米歇尔又说道，"我们可以设想彗星的引力大于太阳的引力，地球的轨道就会向彗星的方向弯曲，地球就变成了它的卫星，被带到了一个很遥远的地方，太阳光线便无法到达地球表面。"

"实际上，这倒是有可能。"巴比康回答道，"不过地球发生这样位移的结果绝不会有你想象的这么可怕。"

"为什么？"

"因为地球上的冷和热是平衡的。人们已经计算过，就算地球被1861年的那颗彗星带走，处于离太阳最远的位置，它就无法接受到十六倍于地球如今反射给月球的热量。不过就算是用最大的透镜将这种热量聚集在焦点上，也不会产生任何作用。"

"那又怎样？"米歇尔问道。

"别急，"巴比康回答说，"人们还计算过，当地球处于近日点，也就是与太阳的距离最近时，地球所接受到的热量可能是夏天时的两万八千倍。这种热量可以让地球上的物质化为玻璃状的液体，所有的水将变成水蒸气，形成厚厚的云层，这样就会降低过高的温度。所以，远日点的寒冷和近日点的炎热就可以互相抵消，平均温度可能还是可以容忍的。"

"人们估计的太空温度是多少？"尼切尔问道。

"过去，"巴比康回答说，"人们认为太空的温度特别低。在计算了它温度下降的程度后，人们算出太空的温度有可能在零下几百万摄氏度。不过米歇尔的同乡，法国科学院一位伟大的科学家傅立叶①，重新对太空温度进行了正确的估算，他认为，太空温度决不会低于零下六十摄氏度。"

"啊?"米歇尔有些惊讶。

"这差不多相当于人们在梅尔维尔岛和里莱恩斯要塞等极地地区测量到的温度，"巴比康回答道，"零下五十六摄氏度左右。"

"傅立叶的推测，"尼切尔说道，"还有待说明。假如我没有记错的话，另一位法国学者布耶估计太空温度为零下一百六十摄氏度。不过我们会得到答案的。"

"如今不行，"巴比康回答说，"如今阳光直射到温度计上，显示的温度偏高。当我们到达月球以后，在月球两面轮番交替的长达十五天的黑夜里，我们有充足的时间进行这个实验，因为月球就是在真空中运行的。"

"那你所说的真空是什么意思?"米歇尔问道，"肯定真空吗?"

"绝对的真空，没有空气。"

"没有什么物质代替空气吗?"

"很明显有，以太。"巴比康回答道。

"以太是什么?"

"我的朋友，以太是无数原子的聚集，据分子物理学著作所说，这些原子间也是有距离的，就像是太空中的天体一样，距离的大小与原子的体积有关。但不管如何，它们的距离小于三百万分之一毫米。正是这些原子的振动产生了光和热，振动的速度为每秒钟四百三十兆次，振幅仅为四万至六万分之一毫米。"

"动不动百兆千亿的!"米歇尔·阿尔当嚷道，"难道他们量过了，数过了? 这些数字，我的朋友巴比康，都是那些科学家说出来吓唬人的，根本没有什么依据。"

---

① 傅立叶（1768—1830），法国数学家及物理学家。

"总是要用数字来……"

"不，最好还是用比较法。一兆不能说明任何东西。一个参照物就可说明一切。比如说：你应该对我说，天王星的体积是地球的七十六倍，土星为九百倍，木星为一千三百倍，太阳为一百三十万倍，再往下我就不知道了。不过我更喜欢列日人古老的简简单单的比较法：太阳是一个半径为两英尺的南瓜，木星是一个橙子，土星是个阿皮苹果，海王星是一颗黑樱桃，天王星是一颗大樱桃，地球就像一颗豌豆，金星就像一颗小豌豆，火星就像大头针的大头，水星是一粒芥子，至于天后星、古神星、灶神星、智神星，那不过是沧海一粟。这样说，至少可以让人心中有数。"

当米歇尔·阿尔当对科学家们和他们轻而易举罗列出的数字宣泄了一通之后，三个人准备埋葬卫星。其实很简单，只要把它扔入太空就行了，就像水手将尸体扔入大海一样。

但正如巴比康所嘱咐的，动作应该快，从而尽量减少舱内空气的流失，因为空气的流动性会让它迅速外溢到太空里。右侧舷窗大概长三十厘米，当舷窗上所有的螺钉都被小心翼翼地拧下后，懊悔的米歇尔已经准备好将他的狗扔进太空。在强力杠杆（只有这种杠杆能够克服舱内空气对舱壁的压力）的作用下，舷窗玻璃沿着铰链迅速打开一条缝，卫星便被扔了出去。操作相当成功，溢出的空气少之又少，巴比康以后再也不用害怕如何处理堆满空中车厢的垃圾了。

第六章　问与答

12月4日，当乘客们醒来的时候，马表显示地球时间早上五点钟，他们的旅行已经过去了五十四个小时。从时间上算，他们已经度过了预计应在舱内度过的时间的一半再加上五个小时四十分钟；但从行程上看，他们已经完成了十分之七的旅行。这种奇怪的现象是由于炮弹的匀减速不断变小的缘故。

　　当他们从下面的舷窗观察地球的时候，发现地球已经湮没在太阳的光线中，只剩下一个灰暗的圆盘。"月牙儿"没有了，地球灰光也不见了，明天午夜十二点整，满月时，地球开始呈"新月"状。在炮弹的上方，"黑夜天体"愈来愈接近炮弹的轨道，并最终会与它在指定的时间相遇。炮弹四周，漆黑的夜幕上群星闪耀，而且每颗星都仿佛在慢慢地移动着。但由于与它们的距离相当远，星星的大小看起来并没有什么变化。太阳和星星与在地球上看到时一样，而月亮虽然愈来愈大，但乘客们的望远镜所能观察的距离毕竟有限，还不能对月球的表面进行有效的观察，从而辨认出它的地形或者地理构造。

　　就这样，时间在无休止的讨论中慢慢流逝。他们谈的最多的很明显是月球。每个人都谈论着他所知道的与月亮有关的一切。巴比康和尼切尔总是那么严肃，米歇尔·阿尔当则是永远的幻想主义者。炮弹、炮弹的状况、炮弹前进的方向、可能出现的意外以及在月球着陆时要采取的必要的防范措施，他们的谈话总是有着无数的话题。

　　就在吃早饭的时候，米歇尔提出了一个与炮弹有关的问题，巴比康的回答相当奇怪，值得一提。

　　米歇尔很想知道当炮弹在飞速前进的过程中突然停下，会产生什么样的后果。

　　"不过，"巴比康回答道，"我不清楚炮弹为什么会停下。"

　　"设想嘛。"米歇尔说道。

　　"没有可能的设想，"讲求实际的巴比康回答说，"除非炮弹缺少足够的推动力。但假如是那样，它的速度会一点点下降，不会突然停下。"

　　"设想它撞到了太空中的一个物体。"

　　"什么物体？"

　　"我们碰到的那颗大流星。"

　　"如果是那样的话，"尼切尔说道，"炮弹连同我们都会被撞得粉身碎骨。"

　　"比这好一点，"巴比康回答道，"我们会被活活烧死。"

　　"被烧死，"米歇尔喊道，"天哪！真巴不得会撞到，好让我见识见识。""你会见识到的，"巴比康回答说，"人们如今已经知道，热能只是由动能转化而来。当我们在烧水时，也就是说当我们在给水增加热能时，其实只是让水分子运动起来。"

"瞧瞧！"米歇尔说道，"又是个巧妙的理论。"

"而且还很准确，我尊敬的朋友，因为它能解释所有的热现象。热量只是分子的运动，只是物体粒子的简单振动。当人们给火车刹闸，火车就会停下。推动它前进的动能哪去了呢？动能转化为了热能，车闸变热了。为什么人们要给车轴上油呢？这是为了避免车轴变热，因为热能就是由失去的动能转化来的。你明白了吗？"

"清楚了！"米歇尔佩服不已，"比如，当我跑了很长时间，汗流浃背，大汗淋漓，为什么我不得不停下来呢？很简单，因为我的动能已经转化为了热能！"

听到米歇尔如此巧妙的回答，巴比康不禁笑了起来，他继续解释他的理论："假如我们的炮弹与火流星相撞，它就会像一颗被金属板弹回的子弹一样发热。因为它的动能已经转化为了热能。所以，我敢肯定，假如撞击真的发生，快速飞行中的炮弹突然停止所产生的热量会让它在顷刻间化为乌有。"

"那么，"尼切尔问道，"假如地球突然停止转动，会产生什么后果？"

"地球将迅速升温，很快就化为蒸汽。"巴比康回答道。

"好，"米歇尔说道，"如此简单就终结了这个世界，这个办法不错。"

"假如地球撞到太阳上呢？"尼切尔问道。

"按照计算，"巴比康回答道，"地球撞到太阳所产生的热量，相当于一千六百个跟地球一样大的煤球产生的热量。"

"太阳的温度升高了倒也不是坏事，"米歇尔·阿尔当接着说道，"天王星和海王星上的居民一定不会抱怨，因为他们都快要被冻死啦。"

"所以，我的朋友们，"巴比康说道，"运动突然停止就会产生热量，这一理论可以解释太阳的热量是由不断掉到它表面的流星群所造成的。人们甚至算出……"

"小心，"米歇尔小声嘀咕道，"数字又要来了。"

"人们甚至计算出，"巴比康不动声色地继续说道，"每颗掉到太阳上的流星所产生的热量相当于四千块同样体积的煤炭所产生的能量。"

"那太阳到底会有多热呢？"米歇尔问道。

"相当于，厚二十七公里的煤层燃烧所产生的能量。"

"那这种能量……"

"这种能量能够在一小时之内煮沸二十九亿万立方米的水。"

"可是我们却没被烤焦？"米歇尔大声问道。

"不会，"巴比康回答道，"因为地球大气层吸收了太阳十分之四的能量。除此之外，地球获取的太阳的热量仅仅是它的二十亿分之一。"

"在我看来，一切事情到头来总是皆大欢喜，"米歇尔驳斥道，"这个大气层还真是个有用的发明，不但可以供我们呼吸，还可以阻止我们被烤熟。"

"是啊，"尼切尔说道，"遗憾的是，月球却没有这样的大气层。"

"啊！"总是信心满满的米歇尔嚷道，"假如月球上有居民，他们就要呼吸。假如没有，总会有够三个人呼吸的氧气吧，哪怕是氧气由于重量关系都聚集在山谷深处也不怕！我们不上山不就行了！"

讲完这些，米歇尔起身去看那轮闪耀着刺眼光辉的明月。

"该死，"他说道，"上面一定很热。"

"还不算那长达三百六十个小时的白天！"

"同样，"巴比康说道，"夜晚也是一样长，而且由于辐射释放了能量，夜晚的温度相当于星际空间的温度。"

"真是一块美妙的土地！"米歇尔说道，"不管如何，我已经想住在上面了！不是吗，我亲爱的伙伴们，我们可以把地球当作月亮，看着它从地平线升起，还可以分辨出大陆的形状，说：'这是美洲，那是欧洲'；我们还可以看着它慢慢地消失在太阳的光芒中。这会是多么的美妙啊！对了，巴比康，月球人能看到日食或'地食'吗？"

"能看到日食，"巴比康回答道，"当三个天体的中心处于一条直线上，地球在中间的时候。但只能看到日环食，因为投射到太阳上的地球的影子只遮住其一小部分，大部分太阳还是可以看见。"

"为什么没有日全食呢?"尼切尔问道,"地球的圆锥形阴影区不是能够延伸到月球以外去吗?"

"假如我们不把大气层的折射作用计算在内的话,是应该有日全食。但假如考虑折射作用,就只有日环食。假如我们用δ代替横视差,用p代替视半径……"

"哎呀!"米歇尔嚷道,"又是二分之一 v 零方……! 能不能说得简单点啊,我的代数学家!"

"好吧,通俗说来,"巴比康回答道,"月球与地球的平均距离是地球半径的六十倍,圆锥形阴影区的长度经过折射,只有不到地球半径的四十二倍。这就造成日食发生时,月亮处于真正的阴影区之外,太阳边缘和中心的阳光都能够照射到月球上。"

"既然是这样,那为什么还会有日环食呢?"米歇尔带着讽刺的语气问道。

"正是这种折射作用减弱了太阳光,而且大气层吸收了大部分光线!"

"这个解释还算令人满意,"米歇尔回答说,"再说,等我们登上月球自然就会知道。如今,告诉我,巴比康,你相信月球从前是一颗彗星吗?"

"又是个新观点。"

"很明显,对于这类问题,我也是有一些自己的想法的!"米歇尔回答道,自鸣得意得有些可爱。

"但这不是米歇尔的看法。"尼切尔说道。

"你的意思是说我在剽窃?"

"意思差不多,"尼切尔回答道,"按照古代资料,阿卡狄亚①人声称他们的祖先在月亮成为地球的卫星之前就居住在地球上了。从这一点出发,一些科学家认为月球从前是一颗彗星,但它的轨道离地球相当近,以至于受到地球的吸引而成为它的卫星。"

"这个设想中有真实的成分吗?"米歇尔问道。

———————

① 古希腊的一个高原地区。

"一点也没有，"巴比康回答道，"证据是彗星总是被一圈气体所包围，月球却一点也没有这种痕迹。"

"不过，"尼切尔又说道，"也许月球在成为地球的卫星之前，经过近日点时离太阳过近，以至于它四周的气体都蒸发了呢？"

"很有道理，我的朋友尼切尔，但不太可能。"

"为什么？"

"因为……说实在的，我也不知道。"

"啊！我们有太多不知道的事，"米歇尔大声说道，"真可以写上几百本书了！"

"噢，对了，现在的时间是多少？"巴比康问道。

"三点钟了。"尼切尔回答说。

"像我们这样的学者在一起谈话时，时间总是过得非常快！"米歇尔说，"我明显地感觉到自己受益匪浅！我觉得自己变成了一口井！"

说到这里，米歇尔爬到弹舱顶部，说是要"更好地观察月球"。这会儿，他的伙伴们也透过下面的舷窗观察太空。暂且不谈。

当米歇尔从上面下来后，走近侧面舷窗时，突然发出一声尖叫。

"怎么了？"巴比康问道。

主席走近舷窗，发现一个类似被压扁的布袋一样的东西漂浮在弹舱外几米处的地方。这个东西仿佛跟炮弹一样静止不动，所以可以看出，它正以同样的速度上升。

"这是什么东西？"米歇尔·阿尔当不停地念叨，"难道是宇宙中的某种微型天体，受到我们的炮弹的吸引，要跟我们一起到月球上去不成？"

"让我感叹的是，"尼切尔回答道，"这个物体很明显比炮弹轻很多，却能够与炮弹保持同样的速度。"

"尼切尔，"巴比康想了一会后说道，"我不清楚这个物体是什么，但我却清楚地知道它为什么能够与炮弹保持平行。"

"为什么？"

"因为我们是在真空中旅行，我亲爱的船长，在真空中，物体下落或是移动（两者没有什么区别）的速度是一样的，跟它们的重量和形状无关。降落的速度不同是由于空气阻力产生的。在密封的真空管里，你扔进去的物体，不管是灰尘还是铅粒，都是以同样的速度下落的。在真空中，也是同样的原因，同样的结果。"

"说得太对了，"尼切尔说道，"所有我们扔出弹舱的物品都会陪伴我们一同登上月球。"

"啊！我们是傻瓜！"米歇尔大叫道。

"为什么要这么说？"巴比康问他道。

"因为我们应该在弹舱里装满有用的东西，书啊，仪器啊，工具等等。然后将它们统统扔出去，它们会一直跟着我们！咦，我想起来了。我们为什么不像这个微型天体一样出去散散步呢？我们为什么不从舷窗出去到太空里去呢？悬在天际的感觉该多么的美好，简直比鸟儿还要舒服，它们还要不断地拍动翅膀才能保持平衡！"

"好提议。"巴比康说道，"但你要怎么呼吸呢？"

"关键时刻总是缺少这该死的空气！"

"就算不缺空气，米歇尔，你的密度低于炮弹，很快你就会落到它后面去了。"

"那么，这是个恶性循环喽！"

"最坏的循环！"

"那我们只能被关在这个车厢里了？"

"别无选择。"

"啊！"米歇尔大声地叫道。

"你怎么啦？"尼切尔问他。

"我知道了，我猜到这个所谓的天体是什么了！这不是什么陪伴我们的小行星！更不是行星的碎块！"

"那会是什么？"巴比康问道。

"是我们不幸的狗儿！狄安娜的丈夫！"

的确，这个面目全非，变形到难以辨认的物体，就是卫星的尸体，它像一只泄了气的风笛，又扁又平，不断地上升，上升！

第七章 迷醉的一刻

于是，在这种特殊的条件下，一个既奇怪又合乎逻辑，既荒诞又有理可寻的现象发生了。所有被扔到弹舱外面的物体都会追随炮弹的轨迹，与它共同进退。因此所产生的话题一晚上也讨论不完。除此之外，随着与目的地的距离愈来愈近，旅行者们也愈来愈兴奋。他们猜测着还会有什么意外状况，什么奇怪的事情发生，不过以他们如今的精神状态，不管发生什么也不会让他们感到惊讶。他们丰富的想象已经跑在了炮弹的前头，谁也没有留意到炮弹的速度已经明显变慢。月亮看起来愈来愈大，他们甚至相信只要一伸手就可以抓到它。

第二天，也就是 12 月 5 日，五点刚过，三个人就都起来了。假如计算准确的话，这一天将是他们旅行的最后一天。当天晚上十二点，也就是再过十八个小时，在满月的那一刻，他们就要踏上光辉灿烂的月球了。即将到来的午夜将是他们旅行的终点，也是古往今来最伟大的一刻。所以早上一起床，他们就透过被月光染成银色的舷窗，信心十足地对着"黑夜天体"喝彩起来。

月球在群星璀璨的苍穹中庄严地向前移动着。再过几个纬度，它就会到达应与炮弹相遇的准确位置。按照观察，巴比康认为炮弹将在月球北半球着陆，那里主要是广阔的平原，山脉很少。假如像人们所推测的那样，月球的大气聚集在地势低洼的地方的话，这倒是一件好事。

"而且，"米歇尔·阿尔当指出，"平原比山脉更有利于着陆。假如把一个月球人放在欧洲的勃朗峰上，或者放在亚洲的喜马拉雅山巅，那他并没有真正意义上到过地球。"

"再说，"尼切尔船长补充道，"假如降落在平地上，炮弹会立刻稳稳地停住。相反，假如降落到山坡上，炮弹就会像雪崩一样不断地滚动，除了松鼠之外，谁也别想安全脱身。所以说，一切都皆大欢喜。"

实际上，这次大胆试验的成功似乎是毋庸置疑的。然而巴比康却心存疑虑，但为了不让他的同伴们害怕，他对此只字未提。

原来，炮弹的方向偏向北半球，说明炮弹的轨道已经发生了轻微的变化。因为经过数学计算，炮弹本应被发射到月球的中心。假如没有到达那里，说明炮弹发生了偏移。到底是什么原因造成的呢？巴比康想不出来，由于没有参照点，所以不能确定偏离的程度。但他希望偏离不要太大，能降落在月球北边适宜着陆的地方就可以了。

所以，巴比康并没有把他的疑虑告诉他的朋友们，而是频繁地观察月球，试图看出炮弹的轨道是不是有所偏离。因为一旦炮弹不能到达目的地，偏离了月球，那它将会冲向太空，后果不堪设想。

此刻的月球不再是一面平整的圆盘，三个人已经感受到了它的起伏不平。假如如今日光斜射到月球上，造成的阴影部分将会清楚地突显出高山的轮廓。他们也会看到巨大的火山口深处和广袤平原上纵横的沟壑。但如今所有的地形都湮没在刺眼的光线之中，就连月亮上好似人脸的图案也看不真切。

"人的面孔？也许吧，"米歇尔·阿尔当说道，"不过我为阿波罗那可爱的妹妹①抱不平，她怎么会有一张坑坑洼洼的脸呢？"

旅行者们距离目的地这么近，他们不断地观察着这个全新的世界。想象已经带着他们漫游在那未知的土地上。他们爬上巍峨的山峰，下到巨大的圆谷深处。这儿那儿，他们仿佛看到了稀薄的大气层下面广袤的月海，看到了深山里蜿蜒而下的河流。他们俯身在深渊旁倾听这个天体的声音，但它在荒漠的太空永远地保持着沉默。

最后一天的旅程给他们留下了兴奋的回忆。每一个细节都被记录了下来。随着距离旅行终点愈来愈近，一种莫名的忧虑困扰着他们。但他们要是知道炮弹如今的速度有多慢，他们的忧虑会有增无减。这个速度似乎不足以把炮弹送上月球。此时的炮弹已经变得很轻，它的重量在不断地下降，直到到达月球与地球引力平衡线的那一刻完全消失，而这会产生令人意想不到的后果。

---

① 希腊神话中，月神阿尔忒弥斯是太阳神阿波罗的妹妹。

虽然忧虑重重，但米歇尔·阿尔当还是以他一贯的守时准备好了早餐。大家的胃口都很好。没有比用煤气灯煮的汤更鲜美的了，也没有比罐头肉更好吃的了。几杯法国葡萄酒更让他们的这顿饭锦上添花。提到葡萄酒，米歇尔·阿尔当认为有如此充足的阳光，月球上的葡萄——假如它存在的话——一定会酿出最香醇的葡萄酒。不管怎样，这位"高瞻远瞩"的法国人没有忘记在他的包裹里还有几株珍贵的梅多克和科多尔①葡萄秧，这可是他最为信赖的品种。

赖泽和勒尼奥装置一直运转良好。弹舱内的空气一直都很纯净。碳酸气体很明显不是苛性钠的对手，至于氧气，用尼切尔船长的话说，"肯定是一级氧气"。弹舱内少量的水蒸气与空气混合，空气不会特别干燥，巴黎、伦敦、纽约的很多住宅和剧院肯定没有这么好的卫生条件。

不过，装置要始终保持良好的状态才能够正常运转。所以，每天早晨，米歇尔都会检查调节器，试试气塞，用高温计测一下煤气的温度。到至今目的为止，一切都运行良好，所以这三位旅行者也开始像令人尊敬的马斯顿一样，都有些发胖了。假如他们的"囚禁生活"延长到几个月的话，他们一定会胖得面目全非。反正，他们如今像是被养在笼子里的母鸡，只等着变肥呢。

透过舷窗，巴比康看到狗儿的"尸体"和其他几件被抛出弹舱的物品一直执着地陪伴着炮弹。狄安娜瞧见卫星如今的模样，不时发出凄惨的叫声。这些漂浮物看上去一动也不动，好似被放在了一块坚实的土地上一般。

"我的朋友们，你们知道吗？"米歇尔·阿尔当说，"假如我们中的某一个人死于发射时的后座力，埋葬他会是一件多么让人难过的事啊，我说的是，既然我们身处太空而不是地球，应是'天葬'才对！你们瞧，这尸体一直跟随着我们，好似一位控诉者，让我们悔恨不已。"

"那真是太让人难过了！"尼切尔说道。

"唉，"米歇尔又说道，"我们不能到外面去散散步，真是让人遗憾。

————————

①　梅多克和科多尔都是法国葡萄酒产区。

要是能够在光芒四射的太空中漫步，洗一个阳光浴，或是打个滚儿，会多么畅快！假如巴比康事先想到带一套潜水服和一个气泵，我一定会到外面去冒险，还会站在炮弹上面摆出怪兽的样子。"

"我的米歇尔老兄，"巴比康回答说，"你的怪兽表演可长不了，虽然你穿着潜水服，你身体里的气体还是会膨胀，你就会像一颗炮弹或飞得太高的气球一样爆炸。所以你就不要遗憾了，记住：当我们在太空航行时，肯定禁止你由于感情用事，到飞船外面去散步。"

米歇尔·阿尔当在某种程度上被说服了。他承认这件事是有些困难，但也不是"不可能"的，在他的字典里没有"不可能"这三个字。

谈话随即转换了主题，一刻也没有停下来。在这种状况下，各种想法从三位朋友的脑袋里层出不穷地冒出来，仿佛是初春里的嫩叶一般。他们自己也理不出头绪来。

整整一上午，大家不断地提出问题，不断地找到答案，就在这时，尼切尔提出了一个无法立即找到解决办法的问题。

"对了，"他说，"登上月球固然很好，但我们怎么回来呢？"

其他两位交谈者你望着我，我望着你，惊讶不已。可以说他们还从来没有想过这个问题。

"尼切尔，你的意思是……"巴比康严肃地问道。

"在还没到一个地方之前，就想着如何回来，我觉得这个问题提得有些不是时候。"米歇尔说道。

"我说这话并不是想打退堂鼓，"尼切尔驳斥道，"我再说一遍，我只是想问：我们如何回到地球？"

"对此我一无所知。"巴比康回答道。

"我要是知道怎么回来，我压根儿就不会去了。"米歇尔说道。

"这就是答案？"尼切尔大声说道。

"我同意米歇尔的说法，"巴比康说道，"另外，我觉得这个问题没有任何现实意义。等我们认为我们应该回来时，我们再考虑也来得及。虽然没有哥伦比亚大炮，我们还有炮弹呢。"

"多么美丽的前景！一颗没有枪的子弹。"

"枪嘛，我们可以造。"巴比康回答道，"火药，我们可以制！月球上肯定不缺金属、硝石和煤炭。何况，假如我们要回来，只要摆脱月球引力即可，我们只需升到八千法里的高空，便可单凭重力落到地球上。"

"但愿回到地球不成问题。"米歇尔兴奋地说道，"好了，对此我们已经讨论得够多了。至于如何与我们地球上的老同事们联系，我觉得也不难。"

"那怎么联系呢？"

"通过月球火山发射流星！"

"好提议，米歇尔，"巴比康心悦诚服地回答道，"拉普拉斯①曾经运算过，五倍于大炮的力量便可将一颗流星发射到地球上。而月球上所有火山的推动力都比这个力量大得多。"

"好哇！"米歇尔叫道，"这些流星可是称职的邮递员呢，而且还是免费的！我们才用不着月球上的邮政局呢！不过，我又想到……"

"又想到什么了？"

"一条好主意！我们为什么没在炮弹上装一条电线呢？这样我们就能够给地球发电报啦！"

"见鬼去吧！"尼切尔驳斥他道，"一根长八万六千法里的电线，你以为会很轻吗？"

"很明显不是！不过我们可以将哥伦比亚大炮的火药增加两倍就行了！甚至可以增加三倍，四倍！"米歇尔大声说道，语气愈来愈兴奋。

"对你的计划提一个小小的反对意见，"巴比康回答道，"当炮弹绕地球转动时，电线会缠绕在地球上，就像是链子绕在绞盘上一样，我们会不可避免地被拽回到地球上了。"

"以美国国旗上的三十九颗星起誓！"米歇尔说道，"我今天的想法总是不可行！就像是马斯顿的一样！咦，我突然想到，假如我们不回地球，马斯顿可以来看我们啊！"

"是的！他会来的，"巴比康接着说道，"他是一位可敬而勇敢的战

---

① 皮埃尔·西蒙·拉普拉斯（1749—1827），法国伟大的天文学家和数学家，天体力学的集大成者。

友。况且，这不是很容易吗？哥伦比亚大炮不是一直埋在佛罗里达的土地里吗？他们会缺少制造火棉的棉花和硝酸吗？月亮不是还会经过佛罗里达的天顶吗？十八年后它不是还会处于与今天相同的位置吗？"

"对啊，对啊，"米歇尔说道，"马斯顿会来的，还有我们的朋友艾尔菲斯通、布隆斯贝利，还有大炮俱乐部的所有成员，他们都会来的！在不久的将来，月球和地球之间的炮弹列车就会发车了！为马斯顿喝彩！"

虽然令人尊敬的马斯顿听不到向他致敬的喝彩声，他的耳朵一定发烧了。此时此刻，他在干什么呢？毫无疑问，他一定是待在落基山脉上的朗峰观察站，试图找到正在太空中飞行的炮弹的踪迹。假如他在思念着他的同伴，他的同伴也同样在惦记着他，那么，就算在如此令人兴奋的时刻，他们也没有忘记向他致以最良好的祝愿。

不过，炮弹的主人们为什么会进入这种愈来愈明显的兴奋状态呢？他们对酒一向很有节制，这一点毋庸置疑。那他们的大脑所产生的奇怪的兴奋是不是由于他们所处的特殊环境呢？他们离月球只有几个小时的路程，难道是"黑夜天体"对于他们的神经系统施加了某种秘密的影响？他们满脸通红，仿佛是刚在火炉边烤过火似的。他们呼吸急促，喘得仿佛煅炉的风箱；他们的眼睛异常明亮；声若洪钟；说出的每一句话都铿锵有力，仿佛被碳酸气体冲开的香槟酒的瓶塞一样。他们的举止变得有些让人不安，仿佛需要更大的空间才能施展开。而且，还有一个引人留意的细节是他们根本没有留意到自己过度紧张的神经。

"如今，"尼切尔生硬地说道，"既然我们不知道怎么从月球回来，我想应该知道我们要去上面做什么。"

"我们要去做什么呢？"巴比康一边跺着脚，一边回答道，仿佛正在击剑教练厅里训练似的，"我也不知道啊！"

"你不知道吗？"米歇尔大声喊道，洪亮的声音在弹舱内击起了响亮的回声。

"不知道，我甚至都没想过这个问题。"巴比康说道，嗓音一样洪亮。

"哼，我知道哦。"米歇尔回答说。

"那就说说！"尼切尔大喊道，语气中还带着责备。

"适当的时候，我自然会说的。"米歇尔一把抓住同伴的胳膊说道。

"适当的时候?"巴比康说道，眼睛像要喷出火来，还做了个威胁的手势，"是你硬拉着我们参加了这次'奇妙的旅行'，我们倒要问问你为什么?"

"对啊!"船长也附和道，"既然我不知道我要去哪里，我总要知道我为什么要去!"

"为什么?"米歇尔跳起一米多高，大声喊道，"为什么? 为了以美利坚合众国的名义占领月球，把它变成美国的第四十个州! 为了把月球变成殖民地，在上面开垦土地，繁衍后代，传播艺术、科学和工业的所有奇迹! 假如月球人没有我们文明，我们就开化他们! 假如他们还没有建立共和国，我们就给他们建一个。"

"假如没有月球人呢?"尼切尔反问道，在无法解释的醉意的支配下，他变成了一个爱抬杠的人。

"谁说没有月球人?"米歇尔用威胁的语气嚷道。

"我!"尼切尔吼道。

"船长，"米歇尔说道，"赶快收回你的话，不然我就撬开你的牙，把它塞进你的喉咙里!"

就在两个仇敌眼看要扑到一起，无厘头的争吵很快就要变为一场战争的时候，巴比康一跃而起，把两个人分开了。

"住手，你们简直疯了!"他一边说，一边让他的两个同伴背对背站着，"就算没有月球人，我们也是不在乎的!"

"对，我们不在乎的。"米歇尔叫道，他并没过分坚持自己的观点，"我们来做月球人。打倒月球人!"

"月球王国是属于我们的!"尼切尔说道。

"是属于我们三个的，我们要组成一个共和国!"

"我代表议会!"米歇尔嚷道。

"那我代表参议院!"尼切尔也不示弱。

"巴比康做总统!"米歇尔大喊。

"不要做由国家任命的总统!"巴比康回答说。

"好，那就由议会任命好了！"米歇尔大声说道，"既然我代表议会，我一致通过任命你为总统。"

"好哇！好哇！为巴比康总统喝彩！"尼切尔喊道。

"嘿！嘿！嘿！"米歇尔高声呼喊道。

紧接着，总统与参议长大声唱起了扬基歌，而议会那里则响起了雄壮的马赛曲①。

三个人东倒西歪地围成一圈，跳起了环舞，手胡乱地挥舞着，跺着脚，还不时地像表演柔功的小丑一样翻着跟头。狄安娜也掺和进来，不停地叫着，还跳到了弹舱顶部。于是，大家听见了莫名其妙地拍动翅膀的声音，公鸡洪亮的打鸣声。五六只母鸡到处乱飞，翅膀拍着舱壁，活像一只只疯狂的蝙蝠。

由于受到一种无法理喻的力量的影响，他们仿佛喝得酩酊大醉，空气仿佛在他们的呼吸系统里燃烧，肺部相当不适，终于，三位伙伴无声地倒在了地板上。

第八章　尾声

我们还记得三位旅行者离开时，受到了多么热情的欢送！假如说，这项试验在开始时就让东西两个半球的人们兴奋不已的话，当他们返回时，人们会以怎样的狂热来欢迎他们？当初拥到佛罗里达州的那几百万观众，会不会来迎接这几位伟大的冒险家呢？那些当初从世界各地来到美国的大量外国人，在没有再看到巴比康、尼切尔和米歇尔·阿尔当之前会离开合众国的领土吗？很明显不会，公众的积极性要与这伟大的试验相匹配啊！人类离开地球，在太空中奇异地遨游了一番之后，又回到了地球，很明显要受到与先知以利亚②将来返回地球时同样的欢迎啦！先见到他们，再听听他们说话，这是大家共同的心愿。

---

① 法国国歌。
② 以利亚是《圣经》中的一位先知，乘坐火车火马升天。

美国居民的这一心愿很快就会实现了。

巴比康、米歇尔·阿尔当、尼切尔和大炮俱乐部的代表们马不停蹄地回到了巴尔的摩，在那里受到了无与伦比的热情欢迎。巴比康主席的旅行札记很快就会和公众见面了。纽约《先驱报》购买了这部手稿，虽然不清楚具体价格，但一定高得惊人。实际上，在《月球游记》出版期间，这家报纸的日发行量竟然达到了五百万份。旅行者们回到地球三天后，他们这次探险的每一个细节就路人皆知了。他们如今只等着亲眼见到制造这一奇迹的英雄们。

巴比康和他的朋友们环绕月球的探险旅行，有助于我们重新审视关于地球卫星的几种不同理论，因为三位科学家在特殊的环境下亲眼对月球进行了观察。我们如今知道，对于月球的形成、起源、可居住性，应该抛弃哪一个学说，又该接受哪一个学说了。甚至连月球的过去、现状和未来这些秘密都已被揭晓。这三位认真的观察者在四十公里的高空观察了奇特的蒂霍山——月球山岳中最特殊的一座，因此，谁会提出异议呢？

三位科学家还看到了柏拉图环形山的最深处，谁还有什么好说的呢？机缘巧合，三位勇敢者还飞过了月球不可见的一面，到今天为止，还没有他们之外的任何人见过月球这一面，谁还有资格驳斥他们呢？就像是居维埃①就骨骼化石，他们完全有理由重新界定月面学，他们可以说：月球是如此这般，是一个可居住的世界，早在地球之前就有生命存在了！或者，月球是如此那般，是一个不适宜生存的空间，没有生命存在！

为了庆祝大炮俱乐部最伟大的成员和他的两个朋友的返回，大炮俱乐部想为他们举办一个宴会，而且是一个能配得上这些凯旋的王者，配得上美国人民的宴会，要让所有美国人民都可以直接加入这一宴会。

全国全部铁路线的两端都用活动轨道连了起来。不过，所有的火车站都悬挂着同样的旗帜和装饰品，并摆上了同样形式的筵席。开席的时间已被顺次安排好，依据统一的电子时钟，在指定的时间，人们会被邀请入席。

---

① 乔治·居维埃（1769～1832），法国博物学家，建立了动物学和古植物学的归类，著有《地球历史上的变革和灾难》。

平常里，火车只有在星期天才停开，而在 1 月 4 日到 9 日的这五天，美国铁路线上的所有车次均被暂停，以保证所有线路畅通无阻。

只有挂着一节车厢的高速车头可以在这四天里在美国的铁路上运行。

火车头由一位司机和一名机械师控制，并且由于特殊照顾，还带上了大炮俱乐部的秘书，可敬的马斯顿。

车厢是为巴比康主席、尼切尔船长和米歇尔·阿尔当专程准备的。

机械师拉响了鸣笛，在一片喝彩呐喊声中，火车使出了巴尔的摩火车站。火车时速为每小时八十公里。不过和三位英雄被哥伦比亚大炮发射出去时的速度作比较，这个速度又算得了什么呢？

他们就这样从一个城市到另一个城市，凡是他们经过的地方，人们都已入席，大家用一样的喝彩声向他们表示欢迎，疯狂地为他们喝彩。他们周游了美国东部的宾夕法尼亚州、康涅狄格州、马萨诸塞州、佛蒙特州、缅因州、新布伦瑞克；他们穿过了美国北部和西部，沿途经过纽约、俄亥俄州、密执安州、威斯康辛州；然后南下，经过伊利诺斯州、密苏里州、阿肯色州、得克萨斯州、路易斯安那州；往下是东南部的阿拉巴马州和佛罗里达州；

接下来经田纳西州和肯塔基州北上；再后来，他们访问了中部的田纳西州、肯塔基州、弗吉尼亚州、印第安纳州；最后经华盛顿返回巴尔的摩，在这四天里，他们可以相信所有美国人都加入同一场盛大的宴会，同时用同样的喝彩在向他们欢迎！

对于人们给予他们的无上荣誉，他们当之无愧，他们的功绩可以与《圣经》中的英雄相媲美。

如今，这一旅游史上前无古人的壮举会有怎样的现实意义呢？我们能与月球建立直接联系吗？我们能创建通往太阳系的宇宙空间站吗？我们会登上一个又一个行星，例如木星和水星，然后再访问每一颗星星，从北极星到天狼星吗？会不会有一种交通方式，能够载着我们去欣赏闪烁在苍穹的每一个太阳呢？

我们如今还无法回答上述题目。不过，在领教了盎格鲁—撒克逊人的大胆的制造性之后，假如说美国人从巴比康的试验中获益良多，没有人会感到惊讶。

　　所以，在旅行者们返回后不久，一家名为美国星际交通公司的成立得到了公众的致敬，这家有限公司总资产一亿美元，共分为十万股，每股一千美元。董事长：巴比康；副董事长：尼切尔船长；总务秘书：马斯顿；总经理：米歇尔·阿尔当。

　　美国人的性格是做生意的时候，一切都要考虑详细，包括破产，所以，提前任命尊敬的哈里·特洛普为法律顾问，弗朗西丝·代顿为破产债权团的法定代表！